雨井湖音

僕たちの青春はちょっとだけ特別

東京創元社

僕たちの青春はちょっとだけ特別

主な登場人物

青崎架月……明星高等支援学校一年
須田莉音……明星高等支援学校一年
深谷　純……明星高等支援学校一年
新田優花……明星高等支援学校二年。接客班
折原利久……明星高等支援学校三年。オフィスアシスタント班
斉藤由芽……明星高等支援学校三年。清掃班

木瀬…………明星高等支援学校教師。清掃班担当
小寺…………明星高等支援学校教師。総合文化部顧問
結城…………明星高等支援学校教師。接客班担当
佐伯…………明星高等支援学校教師。農園芸班担当
藤原…………明星高等支援学校教師。オフィスアシスタント班担当

プロローグ

ノックは三回。二回だけだとトイレのノックになるからな。

進路指導の先生にそう教えられただけで、青崎架月《あおさきかづき》の面接練習は十五分は止まる。

『どうしてダメなんですか？　どういう理屈があるんですか？　それをやると面接結果にどれほど影響が生じますか？』

返ってきたのはノックが二回ではいけない理由ではなく、少ない練習時間を無駄にしてはいけないというお叱りの言葉だった。そうなるとそのあとにもらえたアドバイスなど上の空で、架月は叱られたことにすっかり意気消沈して無駄に時間を過ごしてしまう。

面接は苦手だ。

今日までそんな意識を叩き込まれてきてしまったからこそ、架月は最後の質問に到達するときには疲労困憊《ひろうこんぱい》してしまっていた。自分の正面に控える面接官の先生たちは、架月の番が回ってくるまでに何人もの受験生を相手にしていただろうに涼しげな顔をしている。自分が彼らのような大人と地続きになっている人間だということが理解できない。

次の質問に入る前にわずかな間を差し込まれただけで、架月の思考は容易に散り散りになる。集中力の糸はものすごく細くて、架月が少しでも気を逸らすと手中からするりと抜けてしまうのだ。

これまでの質問を思い返す。

中学校の面接練習で事前に押さえていた質問は、たった二つしかされなかった。志望動機と中学時代に頑張ったこと。それら二つの質問に答えることは、架月にとっては小学生のときにやらされた九九の暗唱と変わらないぐらい自分の意思が通っていない行為だった。

本当の志望動機は「体験入学でやったハンドベルをやりたいです」だったのに、進路指導の先生が添削してほとんど別物の文章に変わってしまった。中学時代に頑張ったことは「ありません」が真実だったのだが、進路指導の先生が嘘はつきたくないと言い張る架月を宥《なだ》めすかして、科学部の活動を休まずに頑張ったという答えを用意してくれた。自分の血が通っていない答えを口にするのは退屈だが、あらかじめ決まっているだけに安心はする。

架月を悩ませたのは、先生から事前に答えを与えてもらえなかった質問だ。

『最近観たニュースで、興味があったものは何ですか？』

――好きなゲームの新作が出るというニュースを答えたけれど、大丈夫だっただろうか。そのゲームの詳細をもっと説明した方が良かったのか？

『家を出てからこの学校に着くまでのルートを教えてください』

――学校見学のときも、今日の面接も、父親が運転する車で送ってもらっていた。「車です」と答えるのは間違っている気がして、車窓から見えていた覚えている限りのお店や施設の名前を順番に並べてみたけれど、どこまで合っていたか分からない。

『家ではどんなお手伝いをしていますか？』

――これは簡単に答えられる。お風呂掃除と玄関掃除だ。

『では、風呂掃除の手順を教えてください』

――びっくりして「先生たちはお風呂掃除の手順が分からないんですか？」と尋ねたら、端っこに座っている面接官が震えながら顔を伏せた。どうして泣いているんだろうと心配になって押し黙ったら、再び顔を上げた面接官の顔は笑顔で、そこでようやく笑われていたことに気が付く。

『一緒に帰ろうと約束していた友達が、他の友達と先に帰ってしまいました。それに気が付いたあなたは、どうしますか？』

――この質問が一番意味不明だった。実際には起こっていないことを想像するのは苦手だけど、架月なりに考えて「その子を追いかけて、僕と一緒に帰るんだよと教えてあげます」となるべく親切な答えを出してみたけれど、答えたところで面接官は正解かどうかは教えてくれないから落ち着かない。

「最後の質問です」

面接官が繰り返す。

霧散しかけていた架月の意識が、その声で再び引き戻される。

「この学校で、どんな高校生になりたいですか？」

「ご、合格させてくれるんですか？」

「たとえばの話です」

「なんだ……」

すっかり気落ちしてしまった架月は、しばらくしょんぼりと項垂《うなだ》れた。今までで一番時間をかけて答えを考えたわりに、自分の口から出たのはなんの装飾もない単純な言葉だった。

「友達がたくさんいる高校生になりたいです」

架月自身は、別に一人だって構わない。架月の趣味は、一人でできるものばかりだから。絵を描くことも、本を読むことも、ゲームをすることも、別に誰かに寄り添ってもらわなくても楽しく実行できてしまう。

「友達がほしいです」

思ってもいないことを免罪符のように繰り返して、架月はじっと面接官たちの目を見つめる。誰かと目を合わせることは苦手だけど、今日のために頑張って練習した。

「だから、この学校に入学させてください」

面接官たちの背後にある窓の外では、白い雪が舞っている。花吹雪のように散る雪を眺めながら、架月の意識はすっかり春へ向いていた。

さっきの質問の答えは嘘だ。

友達の数なんてどうでもいい。どんな高校生活を送りたいかなんて考えていない。

架月はただ、他のみんなと同じように高校生になりたいだけなのだ。

「合格させてくれますか？」

再び問いかけたが、返ってきたのは「面接は以上です」という淡白な答えのみである。

架月の家に合格通知書が届いたのは、その二週間後のことだった。

第一章

　同級生の顔を誰一人として覚えずに中学校を卒業して、青崎架月は今年の春から特別支援学校に通う高校生になった。


　最寄りのバス停から十分ほど歩くと、自然豊かな林原を切り拓いたような土地に建つ木造風の校舎が見える。校門付近のフェンスには、農園芸班が育てたニチニチソウが鮮やかな紫色の花弁を光らせていた。

　明《みよう》星《じよう》高等支援学校の朝は早い。

　架月たちバス通学組が登校した頃には、すでに寮生たちが登校して朝の奉仕活動を行っている。学校の隣には寄宿舎があって、遠方からの生徒が寮生として生活しているのだ。

　奉仕活動の内容は、校舎内外の清掃だ。ちょうど架月が登校したときには三年生の先輩がホースで校門近くの花壇に水をやっていた。隣には先生もいる。架月はぴたりと足を止めて丁寧に頭を下げた。

「おはようございます」

　先生が「おはよう」と返してくると同時に、先輩がホースの水を止めてくるりとこちらに向き直った。

「おはようございます、利久《りく》先輩」

「今日、どうやって学校来た？」

「えっと、バスで来ました」

「座って？」

「は、はい」

——昨日も同じことを聞かれて、同じように答えたんだけどな。

架月が戸惑っていると、先輩は何事もなかったように花の水やりを再開する。すかさず先生に「そろそろ別の花壇に水やってくれ、土びちゃびちゃになってるぞ」と指摘されて、作業が止められたのが不満であるかのように「大丈夫です」と虚空に向かって片手を振った。

この先輩は折原《おりはら》利久といって、朝の挨拶のときに毎日必ず同じ質問をする。最初こそ話しかけてもらえて嬉しかったのだけど、入学してから一週間も経つとそろそろ「これは本心から気になって聞かれてるわけじゃないんだな」と架月も気が付いてきた。

「利久、ほら、次はガーベラ」

「やめてください、大丈夫です」

「早くやらないと朝学習までに終わらないぞ」

「大丈夫です」

言いながら、利久は不満を露《あら》わにした表情でホースの向きを変える。きっと利久はこの時間があまり好きではないのだろう。花壇の水やりはいつも一箇所だけに水をあげすぎて、土をびちゃびちゃにして先生に怒られて不機嫌になるというのが常だった。

水やりができない。先生に注意されているのに、素直に聞かない。架月の通学手段が毎日のように気になる。

——一体この人は、どういう障害があるんだろうなぁ。

そんなことを考えながら、架月は校門をくぐった。


明星高等支援学校は県内にある唯一の私立特別支援学校だ。高等部だけの三年制で、軽度の知的障害を持つ生徒たちが就労と自立を目指して学んでいる。

そんな明星高等支援学校の新入生となった架月は、中学三年生まで通常学級に在籍していた。中学時代はクラスに特に仲の良い友達もおらず、テストの点数も全然高くなかったけれど、それでも自分が特別支援学校に行くなんて想像もしていなかったし、そんな選択肢があるということも知らなかった。

そんな架月が明星高等支援学校の受験を決めたのは、中学三年生の夏だった。

架月は元々、自分の成績で行ける高校がとても少ないことを知っていた。勉強が嫌いなわけではない。でも、成績はものすごく悪い。難読漢字の本を読むのが大好きなのに、国語の定期テストで三十点も取れない。図書館に並ぶ空想科学読本のシリーズを内容をほぼ暗記するぐらい読み込んでいるのに、授業で行う科学の実験はぼーっと意識を飛ばしているうちに全部終わっている。

そんな架月が進路指導の先生から「この高校なら青崎でも行けるかも」と勧められた地元の高校は、小学校時代から架月に嫌がらせをしていた同級生たちも進学する可能性がある高校だったので気が進まなかった。

高校生になったら何がしたい？

どんな高校生活を送りたい？

将来のために、何を勉強したい？

先生たちに質問を重ねられるたびに混乱した。今よりも未来のことをイメージするのは昔からずっと苦手だ。定期テストでいい点数を取るためにはどのぐらい勉強したらいいかとか、翌朝に遅刻しないためには前日にどんな準備をして寝たらいいかとか、みんなにはうっすらと備わっているらしい予知能力が架月には装備されていない。明日のことを想像するのも苦手なのに、将来どうするかなんて聞かれても困る。

ほとんど八方塞《はっぽうふさ》がりになったとき、父親が明星高等支援学校への学校見学を申し込んだ。

『オープンキャンパスがあるから行ってみないか？　架月が好きそうな授業もあるよ』

オープンキャンパスという大人っぽい単語に釣られて、架月は夏休みに両親と学校見学会に向かった。

行きの車の中で、母親は落ち着かなそうに「手帳は取れなかったし」とか「高卒になれないし、就職も一般雇用じゃないのが……」とか、何やら架月が知らないことを話していた。

後から聞いた話だが、母親は学校見学会に行った架月が少しでも気乗りしなかったら反対するつもりだったという。

しかし架月は、そんな母親が呆気にとられるほどに明星高等支援学校の空気に順応した。

学校見学会では授業の体験をさせてもらえて、架月はハンドベルの授業に参加した。中学時代は一つの教室に三十人以上がいたけれど、見学会で教室に集まったのはほんの十人程度で、教室の机は数えてみると七個しかない。

――七人しかいないクラスなんだ。

大人数の教室では何を聞いてどこを見たらいいかも分からなかったけれど、ほんの十人くらいだとちゃんと先生の話が耳に入ってくることに初めて気が付いた。先生の目が自分に注がれている時間も中学校の授業よりも格段に長く、何かをするたびに声を掛けてくれる。三十人のクラスでは、ほんの数人の出来る子たちだけが与えられていた特別扱いを、この教室では全員が受けることができる。

たった数十分の体験授業で、架月は初めて自分がちゃんとクラスにいる生徒として扱われている時間を味わった。

体験授業が終わって両親のもとに戻って、架月は父親も母親も呆気にとられるくらい授業の感想をたくさん喋った。今まで「学校どうだった？」と聞かれても「どうって何が？」ときょとんとするばかりでろくに答えられなかった架月が、体育館で待機していた親と合流した瞬間に自分から授業の内容を興奮気味に語り始めたのを見て、両親は覚悟を決めたらしい。

学校見学会が終わりかけたとき、母親が案内をしてくれた先生を捕まえてこんな質問をした。

「ずっと前に療育手帳の申請をしたら、対象にならないと言われてしまったんです。でも明星の受験をするなら必要になりますよね、どうしたらいいでしょうか」

手帳？

架月がイメージしたのは父親が持っているようなスケジュール帳で、芋蔓《いもづる》式に以前ポケモンストアに行ったときに見かけたポケモン柄のスケジュール帳を連想してしまう。高校生は大人だからスケジュール帳を持たないといけないのかなと思って、隣にいた父親に「買うならポケモンの手帳がいい」と訴えてみたら、すぐさま父親に「今、お話し中だから」とやんわり黙らされてしまった。母親と話していた先生だけが「いいなぁ、ポケモン」と楽しげに笑っていたのを覚えている。

そこから両親は色々と調べて、中学三年生の三月というかなりギリギリのタイミングで明星高等支援学校に入学できる手帳とやらを取得してくれた。

中学校では特別支援学校への入学試験の対策はノウハウがなくてほとんどしてもらえなかったけれど、それでも架月は何とか自力で試験科目である国語と数学の勉強をして入学試験に臨んだ。

そして、今年の春。

架月は何の思い入れもない中学校の制服を押し入れに片付け、真新しい紺色のブレザーに袖を通して明星高等支援学校の門をくぐったのである。


一年生は二クラスあって、どちらも八人学級だ。架月が所属しているのは一年一組で、男子が七人と女子が一人という中学時代の学級ではちょっとありえない男女比をしている。

教室に入ると、副担任の木瀬《きせ》が教卓横に椅子を置いてギターの練習をしていた。明星高等支援学校の中ではダントツで若く見える男性の先生で、社会科の先生として紹介されたはずなのになぜかいつもジャージを着ている。新入生歓迎会でギターを披露してくれた木瀬は、今度は夏季合宿のレクリエーションのために新曲を練習しているのだという。

「この曲、莉音《りおん》も知ってるよ」

そんな木瀬の隣にぴったりと張り付いていたのは、このクラスで唯一の女子生徒である須田《すだ》莉音だった。「中学校の合唱祭でね、莉音が交流学級で歌ったんだけど、同じクラスの子が――」とギターの音色を遮《さえぎ》らんばかりの勢いで喋り倒している。

先生には挨拶をしなければと、架月はそんな彼女の横に進んで「おはようございます」と木瀬に頭を下げる。木瀬はギターを鳴らす指を止めて「おはよう」と穏やかに挨拶をした。

その瞬間、肩を小突くように押された。

「莉音が喋ってんじゃん、割り込んでこないで」

キツい眼差しで睨まれて、架月は一瞬だけ頭が真っ白になる。

ほとんど反射的に「ごめんなさい」と謝ったら、すぐさま木瀬が「人を押しちゃダメだろ」と窘《たしな》めた。

「架月は謝ったんだから、莉音も謝らないと」

木瀬に幾分か厳しく言われ、莉音は渋々といった具合で「……ごめんね！」とやけっぱちのように吐き捨てる。そのまま彼女は桜色の頰をぶすっと膨らませて、そっぽを向いて教室を出て行ってしまう。豊かなミディアムヘアがライオンのたてがみのように揺れていた。

須田莉音を怒らせたのは、入学して以来二度目だった。

一度目は入学式の翌日で、架月は新しいクラスメイトに一人ずつ朝の挨拶をしていた。仏頂面で机に突っ伏していた莉音にもおはようございますと呼びかけたのだが、彼女だけは他のクラスメイトと違って全く反応してくれなかった。

だから教室にいた木瀬に、助けを求める意味で尋ねたのだ。

『この子は耳が聞こえない障害なんですか？』

その瞬間、莉音がアルミ製の筆箱を思いっきり床に叩きつけた。

架月は廊下に駆け出した。莉音がその背中に向かって、何か早口に叫んでくる。大声でぶつけられる言葉の内容は全く頭に入らず、架月は銃声や雷鳴のような怖い音から逃げているような気持ちで必死で廊下を走っていた。

昇降口まで逃げて、ようやく架月は静止することができた。それも自分で立ち止まったわけではなく、奉仕活動をしていた三年生の先輩が「学校から出ちゃダメ！」と腕を摑んで止めてくれたのである。

本気で逃げ出したかったはずなのに、止めてもらえるとやっぱり安堵する。混乱の渦にいるとき、自分の体はもはや自分では制御できないから。

しばらくその先輩の腕にしがみついて震えていたら、追いついてきた木瀬に教室に引き戻された。怖いことが起こった場所に連れ戻されるのが嫌で、でも先生に対して反抗するなんてもってのほかで、ただただ木瀬に引っ張られるまま教室に戻って促されるまま莉音に謝罪した。

不機嫌そうな莉音に『何が悪いか分かってるの？』と尋ねられて、混乱したまま『分からないけど許してほしいから謝ってます』と正直に言ったら、莉音はいよいよ怒り心頭で口を利いてくれなくなった。

それ以来、架月と莉音は水と油だ。

気まずい思いで自分の席に座り、朝学習のプリントに取り組む。この学校では毎朝、ホームルームが始まる前に漢字や数学のプリントを解くのだ。それを知ったときは、毎日テストがあるなんて大変すぎると青ざめたものの、実際のプリントは小学生レベルの漢字や計算問題が多かった。

今日のプリントも簡単な漢字の読み取り問題で、架月は難なく解いていく。

しばらくすると、隣の席にいた男子生徒――深谷純《みたにじゅん》につんっとシャーペンのキャップ部分で腕を突《つつ》かれた。

「また須田ちゃんのこと怒らせてんの？」

咎《とが》められているのかと混乱しかけた架月は、やや遅れて彼の口元が弧を描いていることに気が付く。笑顔。ということは、怒ってない。たぶん。

そこまで丁寧に考えて、ようやく架月は安心して深谷と口を利くことができる。

「怒らせてないよ、莉音さんが僕を見ると勝手に怒っちゃうの」

「いやいや、そんなことはないって」

またこれだ。自分は何も悪いことをしていないつもりでも、みんなから架月の方が諭されるということはよくある。深谷が説教っぽい口調で言ってこないことがせめてもの救いだった。

深谷はあっさりと架月から視線を外して、再びプリントに向き直る。

深谷のプリントはほとんど白紙状態のままだった。

ホームルームを告げるチャイムが鳴り、木瀬がギターをケースに片付ける。それと同時に、担任の佐伯《さえき》が教室に入ってきた。佐伯は架月たちの祖父でもおかしくないくらいの老齢の先生である。

架月は今日、日直だった。佐伯に促されて号令をかけ、教卓の前に立ってホームルームの進行をこなしていく。健康観察をして、今日の目標を発表して、時間割を読み上げる。

「今日は一時間目から四時間目が作業学習班の見学です」

ずっと不機嫌そうにそっぽを向いていた莉音が、それを聞いてパッと笑顔になった。

「接客班やりたいっ」

日直としてのお決まりの流れを遮られて、架月はどうしたらいいか分からず狼狽《うろた》える。佐伯がやんわりと続きを促してくれたおかげで、「最後は先生からの話です、佐伯先生お願いします」と言って自分の席に戻ることができた。

佐伯は架月が座るのを待ってから、口を開く。

「架月が言ったとおり、今日は一時間目から作業学習班の見学だ。学校見学会でも説明されたと思うけど、作業学習は君たちが将来就労するときに必要となる技術を身につける授業で、一年生から三年生までが縦割りで班を作って活動する。うちの学校には五つの作業学習班があるけど、全部覚えてる？　はい、深谷」

架月や莉音など真っ先に発言しがちな生徒が口を開く前に、のんびりと机に肘をついて話を聞いていた深谷に話を振る。

深谷は平静に姿勢を正して、すらすらと答えた。

「接客班と、清掃班と、農園芸班と、食品加工班と、オフィスアシスタント班です」

「その通り。今日から一週間かけて、一つずつ作業班を回って体験してもらう。最終的に第一希望から第三希望までを取って、この一年間入る班を決めるから、先輩たちの話をよく聞いて考えるように」

架月は「はい」と頷いたけれど、声を出して頷いたのは架月だけだった。

それでも呆れた失笑が上がらないのが中学校とは違うところだった。


作業学習班の見学は、清掃班からのスタートとなった。

清掃班は校舎内のあらゆる場所で活動しているが、一時間目のミーティングだけは体育館裏にある清掃班の用具室で行う。

佐伯から学校指定の作業着に着替えてから移動するように言われたのだが、架月が着替え終わった頃にはもうすでに教室にはクラスメイトは誰もいなくなっていた。

「……うー……」

あまりにも見慣れた光景で、天を仰いでしまう。

小学校時代からずっと、体育の授業で着替えをするたびにみんなに置いて行かれていた。みんなと同じジャージに着替えているはずなのに、どうして自分だけが遅れてしまうのかイマイチよく分からない。

小学生のときは着替えが遅れたせいで授業に遅刻して、それだけでやる気がなくなってみんなと同じ列に並ぶのを嫌がっていた。遅刻した自分が悪いことは分かっているけれど、「遅刻してはいけない」という当たり前のルールを破ってしまうとその日の授業が全部ダメになった気分になってしまうのだ。そういうときの架月には、一時間分の授業が崩れていくドミノ倒しを眺めているくらい苦しい時間になる。倒れたドミノは一枚だけなのに、その一枚だけで全部が台無しになるのが不思議だ。どうやら他の人のドミノは、一枚倒れたくらいではびくともしないらしいということも含めて本当にわけが分からない。

——さすがに高校生になったから、それだけで授業をサボったりはしないけど。

作業学習の学習ファイルと筆記用具を抱えて用具室に向かうと、すでに他のクラスメイトたちは用具室の後ろ側に一列に並んでいた。清掃班の担当である木瀬が遅れてやってきた架月を見て苦い顔をする。

「見学から遅刻するのはよくないよ」

あれ?と架月は混乱する。次の瞬間には、頭に浮かんだ疑問がそのまま口から溢れていた。

「まだチャイムが鳴っていないから、厳密に言うと遅刻してはいません」

「一人だけ遅れていると、厳密に言うと遅刻ではなくても遅刻しているように見えることもあるんだよ」

どういう意味か分からなくて続けざまに質問しようとしたら、口から飛び出しかけた危うい反論が明るい声に遮られた。

「大丈夫！　次から頑張ろう！」

息を殺してこちらを見守っていたクラスメイトや清掃班の先輩たちが、ふっと気が抜けたような笑みを零《こぼ》した。

みんなの表情を緩ませたのは、清掃班のグループの中でもひときわ小柄な女子生徒だった。一見すると小学生にも見える彼女は、三年生の指定カラーである緑色のラインが入った上靴を履いている。お人形さんのように丹念に編み上げられたロングヘアと、くりくりとした瞳が印象的な少女だ。

彼女はニコニコしたまま架月のもとまで駆け寄ってきて、「次は遅れちゃダメだよ」と笑顔のままぴしゃりと言った。大丈夫だと言われた直後に怒られて「なんで？」と思ったけれど、架月は素直に頭を下げた。

「次から遅れません、由芽《ゆめ》先輩」

「そうしなさい」

可愛い見た目と反して手厳しいことを言う彼女は、斉藤《さいとう》由芽という三年生の先輩だ。この由芽こそが、入学翌日に莉音と喧嘩をして校舎から逃げ出しかけた架月を昇降口で捕まえて、木瀬が来るまで泣いている架月を慰めてくれた先輩だった。

それ以来、由芽は校舎内で架月を見るたび「サボっちゃダメだよ！」とか「頑張るんだよ！」とか声を掛けてくれるようになった。何と反応したらいいのかも分からないので、架月は言われるたびに「サボりません、お気遣いありがとうございます」「頑張ります、お気遣いありがとうございます」とほとんど反復のように答えている。

架月は、清掃班に彼女がいることを知ってホッとした。知っている人がいるのは頼もしい。来て早々に先生から怒られた見学なら尚更だ。

木瀬は仕切り直すように手を叩いて、授業を開始した。

「清掃班リーダー、号令」

「はい」

三年生の男子が一歩進み出て、号令をかける。

一年生が先輩たちの見よう見まねで号令に従い、清掃班の授業が始まった。


清掃班の活動は、ラジオ体操から始まる。

「ラジオ体操から始業する職場って結構あるから、我らが清掃班もそのシステムを採用させてもらっています。一年生もラジオ体操くらいは出来るでしょ、先輩たちと一緒にやってみようか」

木瀬が言うや否や、由芽が「架月、おいで！」と自分の隣を手で示した。断る理由もないので素直に従う。ファーストコンタクトで大泣きしていたせいで、もしかして由芽から自分は何もできない頼りない後輩だと思われているのかもしれない。心配されているのだとしたら居心地が悪いけれど、先輩に声を掛けてもらえるのは嬉しいので複雑だ。

ラジオ体操が終わると、それぞれ自分のロッカーに入っていた清掃用具を一式抱えて校舎に繰り出す。今日の清掃区域は西校舎の窓掃除だった。先輩がマンツーマンで一年生に教えてくれることになって、そこでも架月は由芽に呼ばれた。

しかし由芽は手順を教えてくれるわけではなく、いきなり架月に水切りワイパーを渡して使えと言ってきたり、周囲の先輩たちとは明らかに異なる自己流のやり方を始めたりする。結局由芽と架月のコンビだけが全く進まず、見かねた木瀬が「由芽はエースとして全体のチェックをよろしく」と由芽を引き離して、架月に他の先輩をあてがってしまった。

ちゃんと教えてもらえば、清掃の作業は楽しかった。

「スプラトゥーンみたいです！」

クリーナーの泡をワイパーで切りながら言ったら、指導係になってくれた先輩はピンとこなかったようで「スプラトゥーンってゲームのやつ？」と小首を傾げる。

「はい、ステージに絵の具を塗るんです。これは泡を綺麗に拭いてるから、スプラトゥーンの逆です」

「架月、お喋りしないで手を動かす！」

エースに任命された由芽に遠くから注意されて、架月は慌てて「ごめんなさい」と口を閉じた。磨《みが》けば磨くほど窓が綺麗になっていくのが楽しくて、少しの汚れも見落とせずに集中して磨いていたら、架月が一枚の窓をやっと磨き終わった頃には手際のいい他のクラスメイトたちは担当の区分を全て終わらせていた。

いち早く自分の担当分を終わらせた深谷が、先生や先輩に何か言われる前に「俺、こっちから拭いていくから」と架月のヘルプに入る。手伝ってくれるなら間に合いそうだなと思って、架月は自分の目の前にある窓を更に集中して磨く。

結局、架月の担当していた窓は半分以上は深谷が磨いてしまった。

「清掃班、楽しかったです」

授業終わりに木瀬にそう感想を述べたら、彼は端正に整った眉をぴくぴくっと震わせて笑った。

「……扱《しご》きがいがあるなぁ、架月は」

「ありがとうございます」

律儀《りちぎ》に頭を下げたら、その会話をすぐそばで聞いていた深谷が「やめろって！」と架月の腕を引っ張って引きずるように木瀬から離す。

「お前、もしかして清掃班には行かないって決めたから嫌味言ってる？　先生を挑発するのやめろよ」

「挑発してないし、行かないって決めてないよ。むしろ行きたい」

「なんで⁉　さっき先生にめっちゃ怒られてたのに⁉」

「木瀬先生には怒られてないよ？」

深谷は呆気にとられて、「……神経太いなあ、お前」と呟いた。

＊＊＊

放課後になると、部活動が始まる。

一応まだ部活動見学期間なのだが、ほとんどの一年生はすでに入部する部活を決めて先輩たちと一緒に活動していた。架月が入部したのは総合文化部で、小寺《こでら》先生という、生徒たちとほとんど見た目が変わらないくらい若い女の先生が顧問をしてくれている。

総合文化部は十五人ほどが所属していて、みんなで美術室に集まって部活動の時間に好きなことをしている。絵を描いたり、小説を書いたり、プラモデルや折り紙を作ったり、塗り絵をしたり、活動内容は様々だ。

一年生も何人か総合文化部に入ったけれど、なんとその中には莉音の姿もあった。彼女はいつも二、三年生の女子の先輩たちと美術室の隅っこに集まって、先輩が持ってきた漫画やイラスト集を眺めている。架月の前では不機嫌そうな顔ばかりを見せる莉音は、女子の先輩たちと一緒にいるときはコロコロと明るく笑っている。

架月はというと、絵を描いている先輩たちの集団に交ざって毎日自由帳に好きなゲームのキャラクターを描いていた。

自分の決まった座席がないので、いつも席選びには緊張する。しかし架月は、入部してすぐに自分の定位置を見つけていた。

「隣に座ってもいいですか？　利久先輩」

「いいよ」

プリントの裏紙に小さい文字ですらすらと文章を書き連ねていた利久は、顔を一切上げずに架月を受け入れた。

利久はいつも「いいよ」と言ってくれるから聞きやすいのだ。利久の隣に腰を下ろして自由帳を広げながら、ちらりと利久の手元を見遣る。

彼が裏紙に書いているのは、ハリー・ポッターの原作小説のワンシーンだ。利久はハリー・ポッターシリーズが好きで、原作の分厚い小説をほとんど覚えてしまうほど読み込んでいるという。彼は何も見ずに、プリントの裏がびっしりと埋まるくらい原作小説の文章を書き起こす。毎日同じことをしているから、隣で完成品を見せてもらう架月もだんだん小説のワンシーンを覚えてきてしまった。何ならちょっと自分も本編を追いたくなっている。さすがにあの分厚い小説を読む気にはなれないけれど、映画ぐらいは観てもいいかなぁと思えるぐらいには気になっている。まんまと刷り込まれてしまった。

自由帳のページを絵で埋めていたら、美術室を巡回していた小寺が「シオカラーズ、上手だねー」と声を掛けてくる。架月が入部初日から自分が描いているキャラクターのことを長々と説明していたせいで、小寺は元のゲームを知らないのに架月が描くキャラクターの名前や設定を覚えてしまっている。利久の小説写経と自分のイラスト作成は、たぶん同じような感じなのだろう。

「架月くんは絵が上手いよね、すごい」

小寺は毎日、架月が描いた絵を一枚ずつ見ては「上手、すごい」と感想を述べてくれる。絵を描くのは好きだったけれど、上手いと褒めてもらったことはあまりないので嬉しい。

小寺が熱心に自由帳をめくっては感嘆の声を上げていたら、美術室の隅っこで漫画を読んでいた莉音がちらりとこちらを見て、急に立ち上がった。

ツカツカと歩み寄ってきて、また怒られるのかと身構えたら「絵、見せて」と頼まれた。架月が反射的に「はい」と頷いたら、小寺が自由帳を莉音に渡す。

自由帳をぺらぺらとめくって眺めた莉音は、目を見開いた。

「ほんとだ、上手」

正直、驚いた。

莉音が自分のことを褒めてくれるとは思わなかったのだ。びっくりしすぎてありがとうの一言を言うのが遅れたら、莉音が「ねえ！」と期待に満ちた瞳で身を乗り出してきた。

「東リベのマイキー描ける？」

「え？」

「待ってね、グッズ見せてあげる。お手本があったら描けるでしょ？」

莉音は急ぎ足で自分の席に戻り、アルミ製の筆箱の蓋をガコッと無理やり外した。その蓋だけを持ってきて「ほら、これ！」と眼前に突きつけてくる。確かに蓋の裏には特攻服姿のキャラクターのステッカーが貼ってある。

「か、描いたことないから、描けないかも」

「はあ？　何で⁉」

一瞬にして莉音が仏頂面になり、思いっきり筆箱を床にたたきつけられた記憶が蘇って背筋が凍る。小寺は二人の間に挟まれて、どうしたらいいか分からずオロオロとしていた。

「こんなに上手に描けるんだから、マイキーも描けるでしょ⁉　大丈夫だって！」

口調は強いけれど、言っていることは全部褒め言葉だ。

そのことを何とか聞き取って、架月はやっとのことで首を縦に振った。期待されていることは理解したから、その期待に応えてやりたいと思ったのだ。

「描くの時間かかるけど、それでもいいなら」

「いいよ、いくらでも待ってる」

筆箱の蓋を机に残して、莉音はパタパタと小走りに自分の席に戻っていった。ちなみに騒動の最中、利久は一切顔を上げずに小説を書き続けていた。

架月は筆箱の蓋を正面に置いて、自由帳の新しいページを一枚破る。たぶん莉音は、描いた絵がほしいという意味で自分に依頼してきたのだろうから。

部活動の時間をまるまる使って、描いたこともないキャラクターを模写した。着替え同様に、架月は絵を描くのにも時間がかかる。色鉛筆で色を塗るのは間に合わなかったけれど、なんとかシャーペンでステッカーの絵を描き写すことができた。

描き終わった絵を莉音に差し出したら、彼女はその瞬間キャアッと聞いたこともないような歓声を上げた。

「すっごい、めっちゃ最高！　嬉しい嬉しい、莉音の彼氏だ！」

「……えっと、その」

「明日、透明の下敷き持ってきてこれ挟むね！　莉音の下敷きにするんだ」

莉音は絵の中のキャラクターに「ばいばい」と別れの挨拶をして、美術室の棚の上に絵を置いた。そこは総合文化部の備品が置いてある一角で、色鉛筆や絵の具や利久がいつも使うプリントの裏紙が入った箱などがある。

――僕にもこんなふうに笑ってくれる人だったんだ。

呆けている架月に、莉音は「ありがとう、架月もばいばい！」と満面の笑みで手を振って美術室を出て行った。

＊＊＊

翌日の作業学習班の見学は、接客班と農園芸班だった。

一時間日から二時間目は接客班の見学になる。接客班は学習棟の最上階にある多目的ホールをカフェに見立てて接客の練習をして、二週間に一度は近所の公民館に出向いて臨時カフェを開いて地域の方々をもてなしている。

絵をプレゼントしてから、莉音は架月にも好意的に話しかけてくれるようになった。

「莉音は接客班に入るんだ、もう決めてるの。学校見学会で接客班の作業学習を体験して、絶対に明星に入りたいーって思ったんだもん」

「そんなに接客班が楽しかったの？」

「接客が楽しかったっていうか、接客班には莉音のアイドルがいるから」

「へ？」

「んふふ」

意味深に笑う莉音である。含みのある物言いが気になって「芸能活動やってる先輩がいるの？」と尋ねてみたら、「ばか」と端的な返事がきたのでそれ以上は聞けなかった。今までの彼女とのやりとりで、架月はすでに自分があまり質問を重ねすぎると莉音は怒るだろうということを学んでいる。

一時間目が始まると、一年生たちは制服のままホールに向かった。

ホールの中にはすでにいくつかの長テーブルと椅子が設置してあり、カフェ会場の設営がされていた。窓際に並べられた長テーブルには、ポットやドリンクの粉末スティックや紙コップなどといった備品が揃っている。

先輩たちは制服の上から、紺色のカフェエプロンをつけて待機していた。接客班の担当である家庭科の結城《ゆうき》先生が「リーダーさん、号令を」と促すと、列の中央にいたすらりと背の高い女子生徒が「はい」と軽やかな声で返事をする。

その先輩は、テレビの中にいるアイドルにも引けを取らないほど可愛らしい顔立ちをしていた。艶やかなロングヘアをポニーテールに纏《まと》め上げていて、すっと伸びた背筋はそれこそステージに立つアイドルのように堂々としている。彼女が立っている場所だけが照り映えるように眩しく見えたと思えば、鈴を転がすような高く軽やかな声が授業開始の号令をかけた。

それからふっと悪戯《いたずら》っぽく微笑んで、くるりとホールの後方にいた一年生たちを振り返った。

その動作はおそらくアドリブだったのだろう。結城も他の先輩たちも呆気にとられる中、彼女は美しい仕草でお辞儀をする。

「一年生の皆さん、ようこそ明星カフェへ。接客班リーダーの新田優花《にったゆうか》です、あんまり怖くない二年生の先輩です。他の作業学習班では先生たちにいっぱい扱かれるだろうから、せめて接客班ではのんびりしていってくださいね」

きゃあっと莉音が歓声を上げる。そこまで露骨な反応を見せたのは莉音だけだったけれど、一年生たちの列のあちこちから感嘆の吐息が漏れていたし、他の接客班メンバーたちも頬を緩めている。

彼女はきっと、この班のアイドルなのだろう。

接客班の見学が始まってからも、莉音は優花にすっかり夢中だった。一年生を客に見立てて珈琲やココアが振る舞われ、接客の手本を見せられている間も、莉音の目はしきりに優花を追っている。挙げ句、優花がテーブルに来たときにすかさず腕を摑んで熱烈な告白をし始めた。

「私、須田莉音っていいます。学校見学会で優花先輩に接客班で色々と教えてもらって、そのときからずっと憧れてたんです！　絶対に接客班に入ります、優花先輩みたいに素敵な先輩になりたくて明星に入ったんです！」

「あはは、ありがとー。じゃあ二人で明星カフェの看板娘やろうよ、莉音ちゃんなら可愛いから大歓迎だよ」

「本当ですか？　絶対ですよ⁉」

「うん、莉音ちゃんカフェエプロン似合いそうだもん。私の一番弟子にしてあげる」

「やったぁ、入ります！」

二人の世界で盛り上がっている様子を見て、傍らにいた結城がぽつりと「今年の接客班、大丈夫かしら……」と不安そうに呟いた。

賑やかな接客班での見学が終わると、一年生たちは慌ただしく作業着に着替えてグラウンドの裏にある農園に向かう。たった十分間の休み時間で着替えと長距離移動が出来るわけもなく、やっぱり架月は一人だけ集合に遅れてしまったけれど、農園芸班では清掃班のときのように注意されることはなかった。

というか、チャイムが鳴る前にとっくに授業は始まっていた。

一年生が集まったとき、すでに農園芸班の先輩たちは各々の持ち場で活動を始めていた。他の作業班のように、今日やることの確認や役割分担もない。

「休み時間のうちから、それぞれ自分で仕事を探して取り組んでいるんだよ。うちは俺のせいで他の班よりも時間にルーズだから、始まる時間も終わる時間もふわっとしてるんだよな」

農園芸班の担当である佐伯が一年生たちにそう説明して、おざなりに「一年生の前だし号令やっておくか、おーいリーダー！」と鎌を片手に草むしりをしていた三年生に声を掛ける。呼びかけられた先輩も軽い調子で「よろしくお願いしまーす！」と叫んで、周囲にいた先輩たちも笑い声を上げる。

農園芸班は男子しかいない班で、他の班とは違って作業中のお喋りや勝手な休憩も許容されていた。

「同じ職場にいる人たちとコミュニケーションを取ることも、自分の体調を把握して休憩をすることも仕事の基本だよ。逆に自分から話しかけなければ仕事はもらえないし、自分で休み時間を取り入れないと倒れるまで仕事する羽目になるのがうちの班だ。今の説明を聞いて、これが『すごく楽で良い環境』に見える奴と、『ものすごくキツい環境』に見える奴がいるんじゃないかな」

――これが楽に見える人、いるの？

圧倒的に後者だった架月は、思わず呆気にとられてしまう。仕事をしながら楽しそうな会話に交ざることも、誰にも「今なら休んでいいよ」と言ってもらえないのも、何の仕事をいつまですればいいのか分からないのも想像するだけで心臓が引き絞られるかのようにしんどい。

佐伯が一年生たちに農園を案内して、今育てている作物の説明をする。せめて先生の話をちゃんと聞くくらいはやらないと、と気を張って集中していたら、不意に近くを通りかかった上級生が「なあ！」と声を上げた。

「誰か、そのプラスチックケースこっちに持ってきて！」

一瞬、誰もがフリーズした。

しかし唯一、深谷純だけが「あ、はい！」とすぐさま説明をしていた先生に背を向けて先輩が指さしたケースへと走る。

それを見て、佐伯の目が輝いた。先輩に指示された場所にプラスチックケースを運んで、周囲の上級生たちに促されるままに自己紹介をしてから戻ってきた深谷は、少し楽しそうに緩ませていた頰を先生の前ではしっかりと引き締めて「抜けてすみません」と軽く頭を下げる。

たぶん、深谷こそが「すごく楽で良い環境」に見えている人なのだろう。

急に隣にいるクラスメイトが宇宙人になったような気分がした。

＊＊＊

放課後。

明星高等支援学校の職員室では、すでに一年生の見学を終えた作業班の担当教員たちが今年の新入生の様子を話題にしていた。

「莉音ちゃん、絶対に接客班に来るだろうなぁー。大丈夫かなぁ」

接客班担当の結城がマグカップで珈琲を飲みながら苦笑するのを聞いて、正面の席に座っている木瀬が「あ、莉音取られちゃったか」と唇を尖らせる。

「莉音は清掃班がいいんじゃないかなーと思ったんですけどね。生活能力が高いから手際もいいし、掃除をしている間ならお喋りも止まるだろうし」

「分かる。接客班だと失礼なお客さんに怒鳴っちゃいそうだもんね、莉音ちゃん。でもまぁうちには二年生エースの優花がいるから、憧れの先輩として優花にビシバシ鍛えてもらうことを期待しておこうかなぁ」

「逆にうちの清掃班は架月が来そうでヒヤヒヤしてますよ。仕事はものすごく丁寧なんだけど、丁寧すぎて時間がかかるんですよね。適当なところでやめるタイミングも分からないし、実は清掃には一番向いていない人材なんだけど本人が乗り気だからなぁ。なぜか由芽とも仲が良いし」

「架月くんと由芽ちゃんが対等な先輩後輩やってるの、なんかいいよね」

「分かります、なんかいいですよね。去年は優花をはじめとした二年生の女子たちに入学してすぐにけちょんけちょんに負かされてましたからね、由芽のやつ」

「うちの学年のお嬢さんたちを庇うわけじゃないけど、あれはあれで由芽ちゃんを対等な相手だと思ってるから真っ向から対立してるわけで……決して由芽を下に見てるわけじゃなくて、優花の学年の女子たちが強すぎたというか……」

結城は視線を明後日《あさって》の方向に投げながら、もにょもにょと口の中で言い訳をする。

今の二年生は、優花をはじめとした弁が立つ優等生タイプの女子が多い。去年の今頃には、由芽はとっくに後輩女子たちに追い抜かれていた。

「まあ、由芽にもやっと自分を先輩だと見なしてくれる後輩が入ったということで、良い相互作用を期待します。……あ、佐伯先生」

職員室に戻ってきた佐伯のことを、すかさず木瀬が捕まえる。

「どうでしたか？　一年生の見学」

「ぼちぼちだよ。でもまぁ、うちは今年は深谷をキープできれば充分かな」

「深谷なんてどこの班もほしいですよ、最低条件みたいに言わないでください」

「あー確かに深谷くん良いなぁ、全然うちにもほしいですねー。あんま主張してこないからピンとこなかったけど、もしうちに来たら優花内閣でキャピキャピしまくってる接客班を適度に引き締めてくれそう」

「あぁ、良いですねそれ。でも深谷は農園芸班を選ぶだろうな。俺が唾を付けなくても、うちの上級生たちが今頃熱心に勧誘してると思いますよ。うちの班の連中はそういう根回しができる」

「うちだって由芽が架月を口説いてます。由芽には根回しなんてつもりはないですけど」

木瀬が苦笑交じりに言い返す。

それから彼は、「でも」と少しだけ抑えた声で切り出した。

「一年生の御三家、概《おおむ》ね頑張ってくれてますね。今のところは、ですけど」

「……御三家？」

二学年担当の結城が、マグカップからたちのぼる湯気をふっと吹いてから首を傾げる。

「何ですかぁ、それ」

「青崎架月、須田莉音、深谷純の三人ですよ。あの三人、今年の一年生の中で中学校からの評価がダントツで悪かったんです」

木瀬はさらりと言った。

「中学校からの内申書、ＡＢＣの三段階評価で八項目くらい評価されるじゃないですか。集団行動とか道徳心とか情緒の安定とか、色々と評価基準があるでしょ。あの三人そこがほとんど最低ランクのＣ評価で、担任から申し送りされた行動の記録も散々だったんですよ。暴力沙汰に女性トラブル、いじめ問題と問題行動のフルコースでしたから」

「えー、全然見えないけどなぁ」

結城が目をパチパチとさせながら呟く。

「架月くんはマイペースだけど素直で良い子だし、莉音ちゃんは機嫌がよければ天真爛漫《てんしんらんまん》だし、深谷くんは典型的なリーダータイプって感じだし……」

「まあ、申し送りが全てではないですから」

佐伯はそう言ってから、小さく「今俺たちに見せている姿も全てじゃないですけど」と付け加えた。

その数分後、総合文化部の活動を見ていたはずの小寺が職員室に駆け込んできた。

「あの、誰か来てください！　莉音ちゃんが利久くんのこと突き飛ばして、利久くんが棚に頭ぶつけちゃったんです！」

佐伯と木瀬が、弾かれたように立ち上がった。

＊＊＊

その一時間ほど前。

架月はいつものように美術室を訪れて、利久の隣で自由帳のページを埋めていた。昨日と全く変わらない活動風景だったけれど、唯一違うところといえば莉音が半泣きになって美術室の中を彷徨《うろつ》いていることだった。

「どうしたの、莉音さん」

「マイキーがいないぃぃ」

「え？」

「昨日ここに架月からもらったマイキー置いてあったでしょ⁉」

莉音が備品棚の上を力任せに叩く。がんっと大きな音が鳴ったせいで、美術室でめいめいに作品作りをしていた先輩たちが遠慮がちにこちらを振り返った。莉音の激しい口調も相まって、架月は自分が大勢の前で怒られているような気分になって背中を丸くしてしまう。

しかし莉音は、自分がもたらした不穏な空気には全く気付かずに言葉を続ける。

「それが今日来たら無くなっちゃってたの！　せっかく透明の下敷き持ってきたのに、どこ行っちゃったの？」

「……え？」

ハッとして莉音の机を見ると、そこには大きな硬質のクリアケースが置いてあった。中にステッカーやプリントを挟めるタイプのものだ。

――本当にあの絵を下敷きにしてくれるつもりだったんだ。

「莉音が困ってるのに笑わないで！」

ひっそりと嬉しさを噛みしめていたら、莉音の機嫌がいよいよ地の底まで落ちてしまった。慌てて頬を引き締めたがもう遅い。彼女は「もう！」と架月に苛立ちをぶつけてから捜索を再開する。彼女の腕が棚の上にあったファイルの山を払いのけ、そのままファイルはバラバラと床に落下した。

「ちょっ、莉音さん――」

莉音が探した場所は、どこもかしこも泥棒が入ったあとのような散らかりようになっている。散乱したファイルを拾い上げていると「架月も探してよ！」とぴしゃりと命じられてしまい、架月は「はい」と身を竦《すく》めながら反射的に返事をした。

しかし架月は、案外すぐに解放された。

架月が莉音が探したのと同じ場所を探したり、莉音の後ろでオロオロと棒立ちになっているだけだったりと莉音のカンに障ることをしまくっていたこともあるけれど、一番の理由は莉音が床にぶちまけた分厚い図録を見て架月が歓声を上げたことだった。

「見て見て、莉音さん。本がストーンヘンジみたいに重なってるよ！」

「あんた真面目に探す気あんの⁉」

空気が震えるほどの大音量で怒鳴られて、架月は天敵を前にしたミーアキャットのように小さく身を竦める。きっと笑ってくれるだろうと思ったのに。そんな反応にすら大きな溜息を吐かれ、「架月はもういいよ、お絵描きしてて」とクビにされてしまったのである。代わりに巡回をしていた小寺が捕まり、莉音と一緒に美術室を探し始めた。

程なくして、絵は思いも寄らぬところから見つかった。

「あーっ、それ莉音のじゃん！」

怒声を上げた莉音が指さしていたのは、利久が小説写経をしている裏紙だった。莉音がびっしりと細かい文字が書かれた紙を無理やり奪ってひっくり返すと、確かにそこには架月が描いた特攻服のキャラクターがいる。

細いボールペンで写経していたせいで、キャラクターの顔は裏から鋭いペン先で抉《えぐ》られてぼこぼこと歪んでしまっていた。利久はすぐに紙をとり戻し、再び写経にとりかかった。

莉音が昨日これを置いたのは、プリントの裏紙をまとめた箱の近くだった。きっと利久はいつものように裏紙を取っただけだったのだろう。裏に何が描いてあるかなんて気にしなかったのだ。

――なるほど、ちょっとそれは分かるかも。

呑気に納得していた架月は、莉音の両手が眼前を素早く動いたのを見た。

莉音が無理やり紙を奪い取ろうとする。利久が「やめてください」と紙に覆い被さって抵抗するが、莉音は構わずその背中に手を伸ばした。

次の瞬間、椅子が倒れる激しい音が美術室に響き渡った。

佐伯と木瀬が駆けつけたとき、莉音は上級生の女子たちに囲まれて宥《なだ》められながら地団駄《じだんだ》を踏んでいた。突き飛ばされたという利久は平然と椅子に座り直して写経の続きをしていて、その隣にいる架月が利久の代わりと言わんばかりに目に涙を溜めている。

すらすらと写経をしている利久のそばに木瀬が屈み込んだ。

「どこぶつけた？　頭？」

「頭」

「今は痛い？」

「痛いです」

「それとも痛くない？」

「痛くない」

「ぶつけたところ、どこ？　触って教えて」

「大丈夫です」

「……えーっと」

反応はほとんど鸚鵡《おうむ》返しで、大丈夫という一言すら利久にとっては「分からないことを聞くな」という拒絶の言葉だ。

途方に暮れそうになり、ふと隣で声もなく泣いている架月に気が付く。ダメ元で「利久先輩、どこぶつけた？」と聞いてみたら、唇をぎゅっと噛みしめて嗚咽《おえつ》を堪《こら》えたまま自分の右側頭部を叩く。

「助かった、ありがとう架月」

架月が示した部分と照らし合わせて利久の髪をかき分けてみたが、今のところは赤くなっていたり腫れていたりということはない。

「やめましょう」

利久がきっぱりと言って、木瀬の腕から逃げるように身を捩《よじ》る。触られたのが嫌だったらしい。

「痛くなったり腫れたりしたら教えて」と言ってみたけれど、利久は相変わらずボールペンを動かしながら煙たそうに「大丈夫です」と返すだけだった。

一方、佐伯は興奮が収まらない莉音のそばにいる。その後ろから小寺が遠慮がちに近づいていくと、莉音はすぐさま「小寺先生は見てたから分かるでしょ⁉」と噛みついた。

「昨日莉音が架月からもらった絵に、利久先輩が落書きしちゃったの！　せっかく架月が描いてくれたのに！」

「そ、そうだね。でも、棚の上に置きっぱなしにしてたから利久先輩は間違えて――」

「普通は間違えない！　だって昨日、莉音と架月がいるときに利久先輩も隣にいたんだもん。架月が頑張って描いてくれたのも、莉音が喜んだのも隣で見てたから知ってるよ！　それなのに架月が描いてくれた絵を裏紙にしちゃったんだから、意地悪じゃん」

「意地悪じゃない、利久は間違えただけだ」

佐伯に淡々と諭されて、莉音は半泣きでくうっと喉を鳴らした。

いくら意地悪ではないと言われても、きっと納得はいかないだろう。それでもこの学校にいる以上、「普通は間違えない」という主張は通らない。

「……利久先輩が莉音に意地悪するなら、莉音も意地悪してやる……」

張り詰めた空気の美術室に、しばらく莉音の嗚咽と利久のボールペンを走らせる音だけが響いた。やがて椅子を引きずる重たい音が響き、その場にいた面々がそちらを振り返る。

さっきまで目に涙を浮かべていた架月が、おずおずと立ち上がって莉音のもとへと歩み寄った。莉音が手負いの猫のようにびくっと身を跳ねさせる。自分が荒らした鳥の巣から出てきた傷だらけの雛を見たような反応だ。透明な背中の毛が、怒りよりもいっそ恐怖で逆立っている。

架月はそんな莉音に対して、懇願するように囁《ささや》いた。

「また描くから、怒らないで」

一瞬、莉音の瞳が剣呑な色を浮かべる。しかしすぐに、強ばっていた彼女の表情がへにゃっと崩れ、「架月ぃ」と気が抜けた声を零した。

「せっかく描いてくれたのに、置きっぱなしにしてごめんね」

莉音の激昂の矛先が変わった。

絵を台無しにした利久ではなく、大事な絵を置いたままにした自分のことを責めている。

莉音は縋《すが》るように架月の腕にしがみついて、糸が切れたように嗚咽を漏らし始めた。

＊＊＊

翌日、莉音は教室に来なかった。

学校に来なかったわけではなく、登校してからすぐに別室に行って個別指導を受けていたらしい。莉音がいないことが不安で教室中をうろうろと徘徊していたら、見かねた深谷がそっと教えてくれた情報だ。その日の莉音は授業や給食、部活動にも参加することはできなくて、架月が彼女に会うことができたのはその次の日の朝だった。

バス通学組の架月よりも早く登校していた彼女は、もはや見慣れた仏頂面で自分の席に突っ伏していた。

「莉音さん」

おはよう、と声を掛けても彼女は拗《す》ねたように一切顔を上げてくれない。架月はスクールバッグを机に置いて、約束のイラストをクリアファイルから取り出す。昨日の部活中にずっと描いていた一枚だ。

「これ、あげる」

莉音がパッと顔を上げる。その顔は、一転して満開の笑顔だ。

「うっそ、本当に描いてくれたの？　ありがと！」

架月が描く絵は、自分で言うのも何だが大した価値はないと思う。自由帳のページを千切った紙に、シャーペンで線を描いただけの絵である。それでも莉音は、まるでとびっきりの宝物をもらったかのように喜んでくれる。

――良い子なんだよな、きっと。

今、架月の絵を抱きしめてキラキラと目を輝かせてくれている彼女と、一昨日に無抵抗な利久を勢い余って突き飛ばした彼女が同一人物であることがにわかには信じられない。

「昨日は何してたの？」

「ずっと反省。色々な先生たちが一人ずつ莉音とお話しに来て、莉音がやっちゃったことについていっぱいお話しして、反省文を書いて、誰もいない教室の掃除とか花壇の草むしりとかやってた」

絵をもらったことをきっかけにして、莉音はすっかり機嫌がいいときの饒舌《じょうぜつ》さを取り戻していた。

しかしすぐに彼女の天真爛漫な笑顔が、ほんの少しの暗さが滲《にじ》んだ苦笑に変わる。

「莉音はたまに悪い奴になるんだよ、架月も莉音のこと苦手だから分かるでしょ」

「苦手じゃないよ。それに莉音さんは、たまに良い子にもなるでしょ」

莉音はぱちくりと目を瞬《またた》かせて、ぶすっと唇を尖らせた。

「……たまにって何よぉ」

莉音は架月があげた絵を、すぐにクリアファイルにしまった。先日はファイルにも入れずに放置していたのに、今日は絵をしまったクリアファイルはすぐロッカーに片付けてくれる。彼女のロッカーはいつも学習ファイルや本が雪崩《なだれ》を起こしたように盛大に崩れているが、架月が描いた絵が入ったクリアファイルはロッカーの隅にきっちりと立てられた。


その日の作業学習はオフィスアシスタント班の見学だった。

オフィスアシスタント班の活動場所である第一作業室に向かう途中、莉音がとんとんと肩を叩いてくる。

「架月、いい？　今日は見学のとき余計なこと言っちゃダメだよ」

「授業中に余計なこと言うわけないじゃん」

げほっとすぐ隣にいた深谷が咳き込んだ。大丈夫かなと思って振り向いたら、気まずそうに「笑ってごめん」と手刀を切られる。彼の潔い謝罪で、咳じゃなくて笑ったのを咄嗟《とっさ》に誤魔化しただけだと気付いてしまった架月である。

「……なんで莉音さん、今日に限って言うの？　ずっと前から余計なこと言ってたって気付いてたら、その時点で言ってよ」

「架月はこれまでも結構いろんな人に言われてたよ」

「ほんとに……？」

「総合文化部の先輩たちがオフィスアシスタント班はめっちゃ厳しいって言ってたから、見学で架月がオフィスアシスタント班の先生に怒られたら可哀想だなって思ってさ」

――これは莉音なりの気遣いなのだろうか。

ありがとうと頭を下げたら、深谷が「それ、ありがとうになるんだ」と楽しげに呟く。もしかして今の返事は良くなかったのだろうか。また莉音を怒らせるのではとドキリとしたが、莉音は「どういたしまして」と得意げに胸を張った。

しかし莉音の晴れやかな笑顔は、第一作業室に到着したとたんに消え失せる。

第一作業室は通常教室の二倍はありそうなほど広い部屋で、壁一面を埋め尽くした備品棚にありとあらゆる物品が整頓されていた。作業室に入ってきた一年生たちに気が付いて、オフィスアシスタント班の担当教諭である藤原《ふじわら》が声を上げる。

「一年生は授業が始まるまで、適当に棚を見ててくれ。この第一作業室には文房具や書類、日用品など、約一万点の事務備品がある。物の場所を変えなければ、引き出しや棚を開けてみても構わないから」

彼はベテランの体育教諭で、その場にいるだけで先輩たちがピリッと背筋を伸ばす引き締め役の先生だった。なるほど、この先生が担当なら莉音の忠告も納得だなと腑《ふ》に落ちる。

大量の備品が並ぶ棚に囲まれて、架月は呆然と棒立ちになっていた。目に入ってくる情報量だけでも頭が痛くなりそうだ。そんな架月の隣で莉音もぎょっと立ち竦んでいるが、莉音が見つめていたのは棚ではなく作業机の方だった。

彼女の視線の先には、折原利久がいたのである。

オフィスアシスタント班の先輩たちはとっくに席について背筋を伸ばしていたけれど、利久は椅子の上で濡れ手を乾かすような仕草で両手を振りながら前後に揺れている。口からはひっきりなしに独り言が漏れていて、よく聞くとそれは普段彼が写経している小説の内容だった。

架月が知っている利久は、いつも同じ質問をしたがること以外は物静かな人だった。小説を書ける裏紙がないだけで、利久はこんなふうになるのか。

莉音は警戒心を露わにして、無言で架月の背中に身を隠した。彼女の中で、利久は今でも大事な絵をわざと台無しにした人だ。

授業開始のチャイムが鳴ると、藤原が一年生たちの前に歩み寄ってきた。彼の眼差しが手負いの猫のように固まっている莉音の方を向いて、ふっと緩まる。

「よく見ておくように」

まるでただ一人にだけ向けたような口調で言って、藤原はオフィスアシスタント班の生徒たちへと向き直った。

「リーダー、号令」

「起立」

号令をかけたのは、利久だった。

ぴたりと独白をやめた彼が放った鶴の一声で、オフィスアシスタント班の面々が一斉に立ち上がる。

授業が始まってすぐに、一年生は藤原の誘導で第一作業室の隣にある作業準備室に入った。パソコンが一つだけ据えられた作業机があるだけの狭い部屋で、藤原はそのパソコンを操作しながら一年生に説明をする。

「オフィスアシスタント班は様々な作業を請け負っているから、その日の作業内容によって手順は変わるんだ。だからかなり端折って説明するけど、とりあえず今日の作業は事務備品の整理だな。オフィスでの業務だけではなく、工場でのピッキングにもつながる技術だ」

藤原がパソコンの画面を新入生たちに覗かせた。なにやら細かい表にたくさんの単語や数字がつらつらと連なっていることだけが分かる。

「授業の最初に、俺がここで足りない備品の発注指示書を作成する。指示書は第一作業室のパソコンに送られて、その指示書を見てリーダーがオフィスアシスタント班全員にその日の仕事を割り振ることになってる」

藤原がパソコンを操作して発注指示書を送信し、一年生たちに「第一作業室に戻って」と指示する。他の班に比べてかなり忙しない見学だ。見学ですらこうなのだから、きっと普段の作業はこれ以上のペースで進むのだろう。みんなから遅れないように急いで第一作業室に戻ったら、ちょうど利久が作業室前方にあるパソコンで作業をしていた。

彼が慣れた手つきでマウスとキーボードを動かすと、程なくしてパソコン台の横にあるレシートプリンターが何枚か紙を吐き出す。利久はそのレシートを回収して、黒板へと向かう。それらのレシートサイズの発注書を黒板の班員名マグネットの下に貼っていくと、他のメンバーたちが自分に割り振られた発注書を回収して素早く四方の備品棚へと散った。

「備品棚は商品番号ごとに分けられているが、発注指示書は商品番号が順不同で送られてくる。それを番号順に直した発注書をリーダーが作成して、各メンバーの作業スピードに合わせて仕事を割り振る。うちの班は一人一人が各自の作業をしているようにも見えるが、学習時間のうちに全員で全体ノルマを達成することを目標としているんだ。だからリーダーは全体を見て、みんなが効率的に動けるように考えてやる必要がある」

作業机に次々とピックアップされた備品が集まっていくと、利久が小分け箱に入っている商品の中身や数を点検して、発注書にチェックを入れて箱に貼っていく。

メンバー全員が作業を終わらせて全ての発注書にチェックマークがつくと、利久はバインダーを持って「お話し中、失礼します」と藤原に声を掛けた。淡々と、しかしハキハキとした口調は、部活中にずっと一人で写経をしていたり休み時間に落ち着きなく独り言を喋っていたりした彼とは別人のように見えた。

「確認お願いします」

「はい、ご苦労」

藤原が備品の最終チェックをして、利久のバインダーに挟まっていた報告書にサインをする。その後、利久が「備品チェックに入ります」と一同に声を掛けて、再びメンバーたちが備品棚へと散っていく。

「その日のノルマが終わったら、備品の残り数をチェックする。足りない備品はリーダーがピックアップして、授業開始時とは逆に第一作業室のパソコンから準備室のパソコンにデータを送って発注をかける」

藤原が説明している間も、利久はパソコンに向かっていた。他のメンバーたちから渡されるチェック表を見ながらパソコンのデータ表ソフトに次々と数字を入力していく。

莉音は終始、利久のことばかりを目で追っていた。

「……普通の高校生みたい」

ぽつりと呟いた一言は、明らかに利久に向けられていた。

しかし藤原は、そんな感想を聞いて苦笑を漏らした。

「普通の高校生だったら、ここまでは出来ないかもしれないいな」

莉音がぱちくりと目を瞬かせる。

オフィスアシスタント班の見学が終わったとき、莉音は架月の後ろに隠れてはいなかった。調子がいいときの彼女がいつも浮かべている溌剌《はつらつ》とした笑みで、パソコン作業をしている利久の背後にぴったりとくっついている。

「利久先輩はすごいんだねぇ」

「すごいんだねぇ」

利久が莉音に言われたことをそのまま繰り返し、すぐさま莉音が「自分で言う？」と小首を傾げる。その表情には敵意も警戒心もなく、架月が絵を渡したときに浮かべてくれたのと同じ輝きを目に宿している。

——やっぱり「たまに」じゃなくて、莉音さんはほとんどずっと良い子だ。

一見して普通とは違う利久に対して、莉音は自分の尺度をそのままぶつけて激怒していた。優しくないわけじゃなく、莉音はあくまでも利久を対等な存在と見なしている。

授業が終わってから、莉音は遠慮がちに利久のもとへと歩み寄った。

「こないだ押してごめんね、利久先輩。痛くなかった？」

「痛くなかった」

利久は独り言の合間に、唐突に押し出すような返事をする。心ここにあらずのような答えでも、莉音は「ならよかった」と大真面目に頷く。

「でも利久先輩も、わざとじゃなくても莉音の絵に落書きしたんだから謝らなくちゃダメだよ」

「謝らなくちゃダメだよ、利久くん。ごめんねは？　ごめんなさいするよ」

「うん、いいよ」

まるで誰かに叱られたことを思い出しているような利久の独白は、莉音には正式な謝罪として受け入れられた。

隣でそれを窺っていた架月も、思わずホッと胸をなで下ろしてしまう。きっと莉音は、この謝罪をきっかけに心の底から利久のことを許してくれたのだろう。ここで自分の本音を取り繕うような彼女ではない。きっと「うん、いいよ」に嘘はないと思う。

＊＊＊

翌週の月曜日、登校した架月は校門付近の花壇に由芽が水をやっていることに気が付いた。

「あっ、架月だ。おはよう！」

「おはようございます」

丁寧に頭を下げると、由芽がホースを置いて駆け寄ってくる。ぽんぽんと肩を叩かれたと思ったら「サボらなくて偉いね」と褒められてしまった。どうやら自分は、彼女の中ですっかり「校舎から逃げようとしたり、授業に遅刻したりする人」になってしまったらしい。

「先週まで、花壇は利久先輩の担当じゃなかったですか？」

「当番でしょ！」

いまいち由芽の返事の意味が分からなくて戸惑っていたら、横にいた先生が助太刀するように「奉仕活動の分担は、二週間ごとに替わるんだよ」と言い添えてくれた。

「今週からは由芽が花壇の水やりで、利久は階段掃除なんだ」

「架月も奉仕活動しようよ」

「えっと……僕、バス通学なので間に合わないです……」

「遅れちゃダメだよ」

「じゃなくて、バスの時間が……」

奉仕活動はあくまでも生徒たちの自主的な活動ということになっていて、朝の七時五十分までに登校できる生徒たちで分担している。主戦力となっているのは利久のように寄宿舎から通っている寮生や、由芽のように親の送迎で朝早くに登校している生徒たちだ。ダイヤの都合でどうやっても八時以降にしか登校できないバス通学組や電車通学組は、そもそも分担の勘定にすら入れられていない。

しかし由芽は、あっけらかんと言い放った。

「大丈夫、架月はうちに泊めてあげる」

「由芽？」

困惑の声を漏らしたのは、隣にいた先生だ。訝《いぶか》しむ大人の視線にも気付かず、由芽はまるで大発見を報告するように胸を張って続ける。

「由芽の家から通えば、架月も間に合うでしょ？」

「……お、お母さんに聞いてみます」

「聞かなくていい！　由芽のジョークだから！」

慌てて先生に止められて、架月は驚いてその場から早足に逃げ出してしまう。由芽は背後から、到底冗談を言っているとは思えないような明るい声で「聞いてみてねー！」と軽やかに駄目押しをした。

昇降口にまで逃げ込んで、架月はほっと息を吐く。鼻腔から入り込んだ瑞々しい香りに、理由も分からずに乱れていた心がすんなりと凪いだ。冴え冴えとした香りの正体は、玄関に飾られているガーベラの生花である。毎週金曜日に行われる伝統文化ゼミという授業の中で、茶華道班が生けた花だ。

生花の香りでなんとか気持ちは切り替わったものの、脳内にはまだぐるぐると由芽の提案が巡っている。先生はジョークだと言っていたものの、架月にとっては由芽の得意げな笑顔の方が信憑性があるのだ。

――お母さんに聞いてみて、いいよって言われたらどうしよう。家を出るのは嫌だな。

先生が慌てて放った「ジョークだから」の一言だけでは、架月は自分に向かってぶつけられた言葉をうまく受け流すことはできない。校舎に入って二階にある教室まで逃げ込もうとした架月は、昇降口の正面にある階段を駆け上がろうとしてピタリと足を止めた。

「……え?」

段差に乗せかけていた爪先を、おずおずと床に戻す。

階段が、色とりどりの紙吹雪で彩られていたのだ。

赤、青、緑、黄色の四色の紙吹雪がステップや踊り場に散らばっている。拾い上げてみると、それはシュレッダーにかけたような細長い紙ゴミだった。

呆気にとられていると、三階から二階にかけての階段を一段ずつ降りてくる人影があった。ハリー・ポッターの小説の一節を暗唱する声で、その人物の正体にすぐ気付いてしまう。

「利久先輩?」

ぺらぺらと独り言を喋っていた利久は、一段ずつ箒《ほうき》で階段を掃いていた。紙ゴミは三階の階段にも散っていて、利久はそれを一枚も残さず丁寧に掃いている。

「今日、どうやって学校来た？」

「バスです。あの、利久先輩、このゴミどうしたんですか？」

「座って？」

「えっと……はい」

会話はそこで終了してしまった。

散らかされたゴミを文句も言わずに掃除している利久を見て、背筋に冷たいものが走る。そのまま架月は教室まで駆けていき、莉音の姿を探す。普段から自分よりもずっと早くに登校している莉音なら、階段が汚れている理由も知っているのではないかと思ったのだ。

しかし莉音の姿は、今日に限ってどこにもなかった。クラスメイトたちと集まっていた深谷に朝の挨拶をされたけれど、返事をする余裕もなく立ち竦んでしまう。

莉音が戻ってきたのは、朝学習が始まる直前だった。

「二年生の教室に遊びに行ったら、優花先輩がお話してくれた！」

ご機嫌な莉音に階段の話題を振るのを、なぜか架月は躊躇《ためら》ってしまった。

夢見心地でニコニコしている彼女にくるりと背を向けて、朝学習のプリントを険しい顔で凝視していた深谷に「あの」と声を掛ける。

呼びかけた瞬間、深谷は大仰なくらいビクッと身を跳ねさせた。

「な、なに。解くの手伝わんよ、俺」

「いや、プリントは自分で解くからいいんだけど……先週の朝って、階段にあんなゴミ落ちてた？」

深谷は電車通学組なので、バス通学組の架月たちよりも早い時間帯に登校している。

彼はぽかんとして、それから「いやぁ？」と眉根を寄せて首を横に振った。

「あの紙ゴミのことだろ？　俺が見たのは今日が初めてだよ」

これで「先週は階段掃除の担当になった生徒が掃除が早かったから、シュレッダーのゴミがすぐに片付けられて架月が気付かなかっただけ」という線は薄くなった。架月の背中に冷たいものが走る。

＊＊＊

入学して以来、架月は誰かが先生と話しているところに勝手に割り込んで相手方から怒られるということを何度か経験していた。だから先週から佐伯と「先生に話しかけるときは、まず『お話があります。今、お時間よろしいですか？』と声を掛ける」という練習をしていたのである。そこで「今は他の子と話してるから、後でね」と言われても、落ち込まずにちゃんと待ちましょうという先生との約束だ。

「先生、お話があります。今、お時間よろしいですか？」

昼休み、架月は教室にいた木瀬に声を掛けた。

話しかけてから、教卓にいた木瀬が朝学習プリントの採点をしていたことに気が付く。仕事中の先生には話しかけちゃダメだったかもしれない。怒られるかなと身構えたけど、木瀬は怒ったり後でねと言ったりはしなかった。

「どうした、架月」

「嫌がらせをしている人には、高校でも先生が注意してくれるのでしょうか？」

ギョッとした木瀬が周りを見回す。賑やかな教室にはたくさんのクラスメイトがいたけれど、架月たちに注目している生徒はいない。どうして木瀬がそんなに慌てるのだろうと小首を傾げていると、「……相談室に行こうか、架月」と廊下に誘われた。

木瀬に連れてこられたのは、一階の保健室の隣にある相談室だった。生徒指導やカウンセリングに使っている人目につかない個室である。壁際の金属ラックにはジグソーパズルの箱やぬいぐるみ、アイロンビーズの作品などが置いてあって、架月は早速それらに目を奪われてしまった。大事な話をしなければいけないのに気が散って困るなと思いつつ、魅力的な雑貨に手を伸ばそうとする自分を止められない。

「話があるんだろ、これはあとで」

そんな架月の手が雑貨に届く前に、木瀬が素早くラックのカーテンを閉めて目隠しをしてくれた。心が通じ合ったのかと思うぐらいの速度だ。助かる。

「佐伯先生も連れてきていい？」

「はい、いいです。むしろ、心強いです」

「あ？」

木瀬はわずかに表情を強ばらせてから、「……正直な奴め」と呟いて廊下に出て行った。この流れで褒められた理由がよく分からない。

数分後、相談室にやってきた佐伯に木瀬にしたのと同じ質問をすると、佐伯は詳細を聞き出そうとする前にまず丁寧に質問に答えてくれた。

「嫌がらせ行為が発覚すれば特別指導になる。特別指導とは、こないだ莉音が利久を突き飛ばしたときに受けたような別室での指導のことだな。しかし片方の言い分を聞いただけでは嫌がらせかどうかは判断できないので、まずは双方の事情を先生が聞き取るところから始まる」

「聞き取って、嫌がらせかどうかは先生が判断しますか？」

「白黒つけるように判断するわけじゃなく、お互いの勘違いがなかったかどうかを探すという感じだな。架月は誰の話をしたくて、木瀬先生に声を掛けたんだ？」

佐伯のまっすぐな眼差しに急に居心地が悪くなって、架月は思わず視線を逸らしてしまう。

「……莉音さんです」

言ってしまってから、自分がとんでもない裏切り者になった気分になった。

先生に打ち明ければ楽になると思ったのに、重石を無理やり呑み込まされたように喉の奥が苦しくなる。

「莉音が誰かに嫌がらせをしていると思ったのか？　それとも、嫌がらせをされていると思ったのか？」

「莉音さんが利久先輩に嫌がらせをしています」

「美術室で莉音が利久を突き飛ばしたことか？」

「違います」

言ってしまったからには、もう撤回できない。

覚悟を決めて、架月は語り出した。

「今週の月曜日から、毎朝のように階段に紙ゴミが散らかされているんです。深谷に聞いたら、先週まではなかったそうです。朝の奉仕活動で、今週から階段掃除を任されたのは利久先輩です。

利久先輩が階段掃除になってから紙ゴミを散らかすなんて、利久先輩に対する嫌がらせだと思います」

「どうしてそれが莉音の仕業《しわざ》だと思ったんだ？」

「莉音さんが利久先輩を突き飛ばしたとき、『利久先輩が莉音に意地悪するなら、莉音も意地悪してやる』って言ったんです。だから莉音さんが、本当に利久先輩に意地悪したんじゃないかと思ったんです」

ずっと胸の内に留めていたことを吐き出すと、一瞬だけ気持ちが楽になったような気がしてしまう。しかし、自分の放った言葉を聞くたびに心臓がどくどくと暴れて、シャツの下にじわじわと変な汗が滲んでいくのも感じていた。

喋るごとに自分が不安感に呑まれそうになっていくのは分かっているのに、一度開いた口はどうしても止められない。さっきラックから目を離せなくなったのと同じで、こういうときの架月は自分の体の制御を失っている。

「だから莉音さんが、利久先輩の掃除分担区にゴミをわざと散らかしたんじゃないかと思ったんです」

「それを俺や佐伯先生に言って、架月はどうしたいんだ？　俺たちから莉音に注意してほしいのか？」

「……い、いいえ」

逡巡《しゅんじゅん》の末、架月はきっぱりと首を横に振った。

「先生たちに、莉音さんが犯人じゃないと説明してほしいんです」

「……ん？」

佐伯が首を傾げ、その隣にいる木瀬も怪訝《けげん》そうに眉間に皺を寄せている。

莉音を告発するときは不安で視線を泳がせていた架月は、今度は真正面から二人の眼差しを受け止めることができた。

「僕は莉音さんが犯人なんじゃないかと思っているけれど、もし莉音さんが犯人じゃなかったらそっちの方が嬉しいんです。莉音さんは先週、利久先輩に謝ってもらって『いいよ』って言ったんです。僕は莉音さんが、許してないのに許したフリをして意地悪をする人ではないと思うんですけど」

「だったら、信じてやればいい。莉音が意地悪をするような人じゃないと思ったら、わざわざ俺と木瀬先生に太鼓判を押されなくてもそれが架月の中での真実でいいじゃないか」

「でも、この学校に通っている子はみんな障害があるじゃないですか」

佐伯が目を見開いた。

「莉音さんが大体いつも良い子でも、障害のせいで悪いことをしちゃうときもあるんじゃないかって思ったんです。だから障害のことに詳しい先生たちに意見を伺いたかったんです。先生たちは、莉音さんが嫌がらせをしているという僕の話が正しいと思いますか?」

佐伯も木瀬も、しばらく沈黙していた。二人が視線を交わしたけれど、架月はそこに込められた表情の意味を察することはできない。

だから言葉にしてくれるのを待っていたら、佐伯が口を開いた。

「先生たちは架月よりも色々なことに詳しいかもしれないけど、莉音に詳しいのは先生たちよりも架月だぞ」

穏やかな口調でゆっくりと言い含められて、架月は途方に暮れてしまった。イエスでもノーでもない返事は苦手だ。最終的な結論が分からない会話も好きじゃない。何を考えればいいか、どうやって答えたらいいか分からなくて頭が真っ白になってしまうから。

困惑して押し黙っていたら、佐伯が不意に笑みを浮かべる。どうして生徒が困っているのに先生が笑ってるんだろうと思ってしまって、その疑問を口にしようとした寸前に佐伯が先を越す。

「莉音が嫌がらせをしていたかどうか架月に教えるには、先生たちもしっかり調査をして事実を明らかにしなくちゃならない」

「はい、それは分かります」

「でも先生たちは他の仕事もいっぱいあって忙しいんだよな」

「そ、それも分かります」

まさか断られて、このまま答えをもらえないのだろうか。

一度でも不安になってしまうと、どんどんその不安が大きくなってしまう。先生に相談すれば大丈夫だと思っていたけど、もしかしてこの選択は間違いだったかもしれない。

不安に呑まれて、視界がじわりと滲む。想定外の展開に混乱した架月が涙目になって身を硬くしていると、佐伯が楽しげに言った。

「だから、架月に調査を依頼しようと思う」

「……へ?」

思ってもみなかった一言に、弾かれたように顔を上げる。

驚いていたのは架月だけではなく、佐伯の隣で木瀬も呆気にとられた表情をしている。

「調査依頼ですか?」

「そうだよ、架月。先生は答えを出してやりたいけど忙しくて調査ができない。だからこそ、莉音のことをよく分かっている架月に事前調査を頼みたい。やってくれるか？」

　架月は戸惑いながら、ほとんど反射的に「はい」と頷いた。調査をやると決めて頷いたわけではなく、頭がパニックからいまいち抜けていなくて首肯してしまっただけだったのだが、佐伯は「決まりだな」とサクサクと話を先に進めた。

「期間は一週間としようか。架月はこれから一週間かけて、今回の……そうだなぁ、『四色紙吹雪事件』の真相を解明するためにこの事件の調査をするんだ。ただし、二つ約束してほしいことがある。一つ目は当事者である莉音と利久には、架月がこの事件の調査をしているとはバラさないこと。二つ目は当事者の二人に直接真相を聞かないこと。探偵が調査段階で容疑者に『あなたが犯人ですか？』と聞くのはおかしいだろう？」

「ダンガンロンパの捜査シーンみたいなイメージだとしたら、確かにおかしいかもしれないです」

「それは先生はよく知らないんだが……古畑任三郎《ふるはたにんざぶろう》が全ての証拠が集まるまで犯人に『あなたが犯人です』と言わない感じかな」

「知りません」

「そうか……。じゃあダンガンロンパでいいよ」

　大好きなゲームと繋がって、ようやく自分がやれと言われていることの内容が理解できた。今度こそ架月は、自分の意志で「分かりました」と首を縦に動かす。

　疑ったのも自分で、その疑いを晴らすのも自分。

　もしかして自分は端から見たら変なことをしているのかもしれないし、普通ではない解決法を取っているのかもしれない。それでも架月の心は、不安で押し潰されそうだったさっきとは比べものにならないくらい期待で膨らんでいた。

「僕が先生たちの代わりに、莉音さんの嫌疑を晴らせる証拠を集めます」

＊＊＊

架月が相談室から出て行くと、木瀬はさっきまで教え子が座っていたソファ席に座って正面から佐伯を見据えた。

「ちょっと佐伯先生、なんですか『四色紙吹雪事件』って。架月が言ってた嫌がらせ行為って、要するにあれでしょ？　奉仕活動の——」

「知ってるさ、もちろん。それを架月に説明して、すぐに納得してもらうことはできる。でもここで答えをやったら、架月はまた何かあるたびに俺たちに聞いてくるぞ。さっきの『〇〇さんは障害があるから、その障害のせいで悪いことをしたんじゃないか』っていう聞き方で」

「それは……」

さっきの質問は、架月の副担任である木瀬でもギョッとした。莉音に初めて会ったとき「この子は耳が聞こえない障害なんですか」と尋ねたこともあったけれど、架月はやたらと障害というワードにこだわっている。

「こないだ架月のお母さんと電話で話したとき、お母さんが『中学時代は同級生の顔を一人も覚えていなかったのに、特支の同級生や先輩のことはちゃんと覚えてて家で話すんです』って喜んでたんだよ。高校生になって成長したんだろう、って」

「……それは、通常学級の子たちに比べてうちの生徒たちが強烈だからでは？　通常学級には架月に毎朝同じ質問をしてきたり、架月の失言にいちいち激怒して泣かせるような子もいないでしょうし」

「だろうな」

どうせ架月だから。しょせん架月の言うことだから。

そんなお客様扱いで、優しく同級生たちの輪の中から外してもらっていたのだろう。

「中学時代の担任からの引き継ぎ資料では、架月は休み時間もずっと一人で絵を描いていて、授業も板書が全然追いつかなくて自分の世界に浸って過ごしていたらしい。小学校時代からずっと一緒だった友達が声を掛けてくれて、何とかみんなと同じ場所にいたそうだ」

「まあねえ」

木瀬は唇を尖らせた。それは想像がつく。架月は作業学習班の見学でも、目を離すとぼんやりと突っ立っていることが多い。でも、それだけだ。ちょっとでもイラッとすると態度に現れてしまう莉音や、独語や鸚鵡返しで独特の世界観を作っている利久、健常児と近すぎるせいで配慮が必要であることを理解されづらい深谷と比べると、架月は「勉強ができなくて空気が読めない子」として周りの子に気遣ってもらいながら、通常学級でただ座っているだけなら問題なかったのだろう。

でもきっと、架月はその場にいるだけで精一杯だったはずだ。言葉が分からない海外の学校に一人だけ放り込まれたように、周囲の状況も授業の内容も何一つ理解できないまま三年間を過ごしてしまったのではないか。

「通常学級では蚊帳《かや》の外でも過ごすことができたのに、この学校に来てから架月はいきなりクラスのうちの一人として学級の当事者になった。お客様みたいな特別扱いが終わったんだ。環境も立場も変わったことに混乱して、その混乱を自分の中で『特別支援学校にいるから』だと理由づけてる」

佐伯は苦笑した。

「やってることは、ただの人付き合いなんだけどな。それすらも架月は小中学時代にはやったことがないから、ここで初体験なんだろ」

「そんな架月に、嫌がらせ事件の調査をしろなんてハードルが高すぎませんか?」

「ハードルは高いさ。でも架月の原動力が『莉音を信じたい』であるならば、自分の力で信じるための証拠を見つけさせたい。だから我々は助手役をしようか、木瀬先生。万が一にでも架月が危なっかしいことをしようとしたら、さりげなく止めてやろう。それこそ忙しいときに変なことを任せて申し訳ないが」

「そのくらいなら引き受けますよ。架月には『俺がダンガンロンパの霧切《きりぎり》さんになるよ』って言えば、一発で納得してもらえるでしょうし」

「それ分からないんだよなぁ。ゲーム? 漫画?」

「ゲームだけど、アニメもありますよ。キャラクターの話をすると架月が喜びます、ぜひぜひ」

＊＊＊

翌日、架月は登校するなり小走りで事件現場の階段に向かった。

誰かから「急いで」と言われなければ急ぐことがない架月が、こんなに気がせいているのには理由がある。昨日帰宅してから、そういえば自分が先生から何かを任されたのは初めてだなと気が付いたからだった。

架月は今まで、クラスの一員として何かを担ったことがない。先生から頼られたこともない。けれど今は自分だけの役割がある。頼りにされている実感がある。

そんなわけで、架月は早朝の校舎を駆けている。

利久が掃除する前に証拠品である紙吹雪を回収しようとしたのだが、架月が現場である階段に到着したときにはすでに利久は掃除を開始していた。

調査をしていることがバレてはいけない。

そのルールを思い出して、架月はこそこそとゴミを回収した。家から持ってきたチャック付きポリ袋に証拠品を入れたところで、ふっと視界に影がかかる。

「今日、どうやって学校来た？」

――バレた。

「バスです」

「座って？」

「えっと、今日は立ちました。……あの、利久先輩。質問があります」

「質問をするときは手を上げましょう」

「は、はい」

架月は律儀に挙手をしたけれど、利久はそれ以上は何も言わなかった。手を上げろとは言うけれど、どうぞとは言ってもらえないらしい。

「利久先輩は誰かに怨まれる覚えがありますか？」

「あります」

「えっ、誰ですか？」

「大丈夫です」

「大丈夫じゃないですよ、教えてください」

「大丈夫です」

しばらくしつこく問いただしてみたけれど、そのうち利久が「やめてください」と嫌がるような台詞《せりふ》を繰り返し始めたので諦めた。

「ごめんなさい、お話してくれてありがとうございました」

チャック付きの袋を抱えながら立ち去ろうとしたら、掃除に戻った利久がそんな架月の背中にぽつりと言葉を投げる。

「ゴミは教室のゴミ箱に捨てましょう」

「……っ」

紙吹雪を回収したことはしっかりバレていたらしい。架月は「はい、ごめんなさい」と首をすくめながら小走りに教室へと逃げた。

階段に捨てられていた紙吹雪は、やっぱり今日も四色だった。赤と緑、青、黄色の画用紙を切り刻んだような細かい紙片で、一つ一つ紙片を凝視してみたもののインクの汚れや文字の断片は見当たらない。

なんの紙なんだろう、これ。

ヒントがないものかと紙片を矯《た》めつ眇《すが》めつしていたら、隣の席から深谷が身を乗り出してくる。

「何やってんの？　架月」

「事件調査だよ」

「うん？」

深谷に対しての口止めはされてなかったから事実を答えると、彼は「奉仕活動は俺たちには関係ないんだから、首を突っ込んでやるなよ」と呆れたような調子で忠告をしてきた。深谷が言うと全てまともなアドバイスに聞こえてしまうから困る。なんだか正当な理由で怒られている気分になって、架月は身を縮めた。

「でも、莉音さんがゴミを散らかした犯人じゃないって証明しなくちゃいけないの」

「なんでそこで須田ちゃん？　誰かに疑われてんの？」

「僕に疑われてるんだよ」

「何だそりゃ」

深谷は首を傾げつつも、架月が凝視していた紙吹雪をひとつまみして「須田ちゃんじゃないだろ」と独り言のように呟いた。

「だってこれ、シュレッダーのゴミだろ？　シュレッダーは職員室とオフィスアシスタント班が使ってる第一作業室にしかないんだぞ、どっちも須田ちゃんには勝手に出入りできない部屋だ」

「なんで深谷がシュレッダーの場所を知ってるの？」

「先週から俺たち一緒に職員室掃除の担当じゃん！　第一作業室にはオフィスアシスタント班の見学のときに入ったし、逆にどうして架月は知らないわけ？」

心底驚かれて居心地が悪くなる。別に掃除のときは「掃除をしろ」と言われただけだし、見学のときだって「作業を見ろ」としか指示されなかった。どちらも「シュレッダーを探せ」とは言われていないわけだから、見逃していてもおかしくはないと思うけれど。

「深谷の方がよっぽど探偵みたいだね」

「シュレッダー見つけただけで探偵になれるかよ。てか、本当に何してんだ架月は」

もしかして深谷であれば、自分が気付いていない証拠を摑んでいるかもしれない。

ゲームの捜査シーンでも、探偵が自分よりも状況に詳しい関係者に聞き込みをすることはあるだ。

「職員室のシュレッダーはどこにあるの？」

「奥の方。説明が難しいな、一緒に職員室に行って確認しようか？」

面倒見がいい関係者で助かる。

深谷と一緒に職員室に行くと、彼は開けっぱなしだった職員室の扉から身を乗り出して「ほら、あそこ」と小声で架月に囁いた。

窓際にあるコピー機の横に、大型のシュレッダーが置いてあった。別に説明は難しくないだろうと思いつつ、シュレッダーが職員室の奥まった場所にあって生徒はなかなか近づけないということを確認する。

「職員室のシュレッダーを使ったという線はないってこと？」

「俺に聞かれても知らんよ。でも、先生たちの誰にも気付かれずにシュレッダーを使うのは難しいんじゃない？　でも、ゴミだけなら回収できるかもな」

「……へ？」

「たとえば職員室掃除をするときなら、こっそりシュレッダーのドアを開けて中のゴミだけ回収することは出来るだろ」

「じゃあ職員室掃除のメンバーも容疑者だ」

「俺のことも疑うの？」

まずい、疑っていることを関係者に直接言うような探偵はいない。

慌てて首を横に振るが、深谷は「あっそ」と気のない返事をしてぷいっと立ち去ってしまった。

気付くのがもう少し早ければよかった。自分の勘の悪さに辟易《へきえき》する。

――深谷の気持ちも分からない自分に、利久に嫌がらせした犯人が分かるのだろうか？

胸中に大きな不安を抱きながら、架月は一人寂しく廊下を彷徨《さまよ》い始めた。


第一作業室は二箇所の出入り口のどちらも施錠されていた。先生のパソコンがある準備室は隣にある音楽室とも繋がっているが、音楽室から準備室に入ろうとしてもそこにもまた鍵がかかっている。

「利久先輩、第一作業室の鍵ってどこにあるんですか？」

「職員室のキーボックス。今日、どうやって学校来た？」

「バスです」

翌朝、階段掃除をしていた利久に質問してみたら、協力的な関係者はしっかり答えをくれた。

職員室掃除のときにキーボックスを探してみたら、それは入り口付近の壁――生徒が入り口から手を伸ばせば届かないこともない場所にあった。

「なぁ架月、そっちのゴミ回収してくんない？」

「あ、ご、ごめん」

気付けば掃除の手を止めて、キーボックス探しに集中してしまっていた。

慌てて自分が担当していた区分のゴミをちりとりに取っていると、近くの席でパソコン作業をしていた木瀬に小声で呼び止められる。

「お困りかい？　探偵さん」

木瀬の口元はうっすらと弧を描いていた。なぜか楽しそうな木瀬とは対照的に、架月はそう聞かれるとしょんぼりと落ち込んでしまう。なぜなら、明確に困ったことが起きているから。

「今困っているのは、深谷を怒らせてしまったことです」

「え、何したんだお前」

木瀬はすぐさま架月の方に非があることを見抜いてしまった。情けない気持ちになりながらも事情を説明すると、「今そこに深谷いるだろ、謝るの手伝おうか？」と提案される。こくこくと頷いて木瀬と一緒に深谷のもとに行き、謝罪をしたら「またぁ？」と嫌そうな顔をされてしまった。その反応に心臓がばくばくと鳴る。

木瀬はきょとんとして「また？」と聞き返す。

「そうですよ、架月に朝から何回も同じこと謝られてるからまたかよと思って。別に俺そんなに怒ってないんだけど」

「なるほど。じゃあ俺が余計なことした、ごめん深谷」

「いえいえー」

深谷はへらっと笑って掃除に戻る。木瀬は体を強ばらせて震えている架月を見下ろして、「ごめんなさいは一回でいいんだよ」と諭した。

「……友達にはしつこくしません」

「分かってるじゃん。で、あれか。職員室掃除の担当メンバーの容疑も晴らしたいのか」

架月はこくこくと頷く。深谷を怒らせてしまった最たる理由は、職員室掃除のメンバーであればシュレッダーからゴミを回収できたのではないかという嫌疑をかけたことだった。疑って怒らせた分、ちゃんとその可能性を潰さなければ。

自分で疑って、自分で解決しようとして、なんだか自分の仕事を増やしてばかりだ。

職員室掃除が終わってから、架月は木瀬に職員室のシュレッダーを見せてもらった。「普段は生徒には触らせないんだけど」と前置きをして、シュレッダーの扉を開ける。

「扉には鍵がかかっていないから、誰でも簡単に開けることができる。架月、試しに犯人になったつもりでゴミを回収してみな」

架月は戸惑いながら、シュレッダーのゴミを受け止める箱を引きずり出す。掃除したばかりの床に紙ゴミを散らかしながら箱を出して、中を覗いて「あれ?」と手が止まった。

箱の中に溜まっていたのは、白い紙ゴミばかりだったのだ。腕を突っ込んで漁ってみるとピンクや茶色などといった紙もちらほらとは見つかるが、階段に散らかされていた四色の紙はどこにもない。

「何か分かった?」

「……ここに入っているゴミは、先生たちが細断したプリントの破片です。でも階段に散らかされていたのは、無地の色紙をシュレッダーにかけたような紙吹雪ばかりでした」

ゴミを受ける箱をシュレッダーの中に戻して扉を閉める。バタンと音をたてて閉じられた扉を見つめながら、架月はほぅっと小さく息を吐く。

「深谷が犯人じゃなくてよかったです」

「……それ深谷に聞かれたらまた怒られるぞ、お前。もう言うなよ」

「犯人じゃないって言うのもダメなんですか?」

「それを相手が嫌がるならね」

判断の基準が「相手の気持ち」になると架月は困ってしまう。

掃除していきなよと促されて、架月は途方に暮れながらも廊下の掃除用具入れから箒とちりとりを持ってきた。職員室の入り口から箒で掃き始めたら、慌てて木瀬が声を上げた。

「あ、違う違う。架月、全部やれって意味じゃなくて今シュレッダーのゴミが落ちたところだけってこと」

「はい」

最初からそう言ってほしいなぁと思いながら、シュレッダーのゴミだけを箒で掃く。

深谷が容疑者から外れた理由は明白だ。シュレッダーの中にあったゴミは白いものばかりだったが、階段に落ちていた紙吹雪は四色の色紙を細断したものだった。つまり犯人は元々シュレッダーにあったゴミを回収したのではなく、わざわざ四色の色紙を準備してシュレッダーにかけて階段に撒いたということになる。

しかし掃除の時間、職員室にはたくさんの先生たちがいる。電動のシュレッダーを作動させれば、誰かに音で気付かれるはずだ。

つまり深谷をはじめとした職員室掃除のメンバーが、四色の紙吹雪を入手することは困難であるということだ。

「木瀬先生、キーボックスも見ていいですか？」

「俺が見ているそばだったらいいよ」

快諾してくれた木瀬が、掃除が終わってからキーボックスを見せてくれる。小さなボックスの中にはたくさんの鍵があって、架月は目を皿にして第一作業室の鍵を探す。

しばらくしてから、木瀬が助言をするように口を挟んできた。

「第一作業室の鍵なら、ここにはないぞ」

「でも利久先輩がここにあるって言いました」

利久は嘘をつくような人ではないと思って反論すると、木瀬は「まあそうなんだけど」と妙な言い方をする。

「本来はここにあるんだけど、大抵は藤原先生の机に置いてあるんだよ。第一作業室なんてオフィスアシスタント班しか使わないし、鍵を開けるのはいつも藤原先生だからな」

「藤原先生の机ってどこですか？」

「あっちだよ」

木瀬が指さしたのは、入り口から一番遠い窓際の席だった。おまけにその席の隣はいつも職員室にいる教務主任の坂本《さかもと》先生の席なので、生徒が人目を盗んで鍵を盗ることは難しそうだ。

——職員室のシュレッダーも第一作業室のシュレッダーも、どちらも莉音が勝手に使えるものではない。

導き出された答えに満足して、架月は職員室を出た。

＊＊＊

「——というわけで、莉音さんが犯人ではないという証拠は集まりました」

「足りないなぁ、架月」

「……へ？」

放課後、農園芸班の畑の整備をしていた佐伯を捕まえて集めた証拠をぺらぺらと並べ立てたら、あっさりと突き放されてしまった。

ホースで畑の苗に水をやりながら、佐伯は楽しげに相槌《あいづち》を打ちながら架月の話を聞いてくれていたはずだった。その反応が良かったから、てっきり自分の役割はこれで完了かと思ったのに。

呆然と立ち竦んでいたら、ホースの水を止めた佐伯がくるりと架月に向き直る。彼は相変わらず穏やかに笑っていて、とても架月の報告に「足りない」と苦言を呈した人間と同一人物とは思えなくて頭が混乱する。

人間が気持ちと表情が完全にリンクする生き物だったらいいのに、たまにそうじゃないこともあるから困る。笑顔のまま怒られたり、逆に怒った表情のまま冗談を飛ばされたり、そういうことが多々あるから難しいのだ。

「だって『犯人は莉音じゃない』だけだと、先生たちはこのまま真犯人が分からないままだぞ?」

「僕への依頼は『真犯人を探せ』ではなかったはずです」

「じゃあ架月は、利久が嫌がらせをされたままでも構わないのか?」

当惑しながらも、架月はすぐさま首を横に振った。

利久は毎朝のように後輩である自分に話しかけてくれたり、部活のときに隣の席に座ってもいいと言ってくれたりする親切な先輩だ。莉音に突き飛ばされたときも、莉音のことを怒ったり自分から彼女のことを悪く言ったりはしなかったくらい優しい人なのに、そんな人が誰かから意地悪をされていたら悲しい。

「分かりました。僕が真犯人を見つけたら、先生が嫌がらせをやめさせてくれますか?」

「……その考え方だと、真相からどんどん遠ざかる気がするけどな」

よく分からないことを呟いて、佐伯は畑作業に戻ってしまった。


佐伯と別れて部活に戻りながら、架月は困惑しきっていた。

――これ以上、どうやって犯人を絞ればいいんだ？

職員室と第一作業室にあるシュレッダーは、どちらも一般生徒は簡単には立ち入ることができない場所にある。となると容疑者は、どちらのシュレッダーも自由に使える先生ということになるが、まさか先生たちが利久に嫌がらせをしているとも思えない。

ぐるぐると悩みながら美術室に入ったら、入り口付近の席で自由帳を広げていた莉音に呼び止められた。

「どうしたの、架月。今日は誰に泣かされた？」

「泣いてないよ」

「そう？　でもしょんぼりしてるよ」

元はといえば、莉音の嫌疑を晴らすための依頼だった。

しかし莉音が容疑者から外れた以上、莉音にも聞き込みをしてもいいのではないか？

そう思って、架月は莉音の正面の椅子に腰を下ろす。

「ねえ莉音さん、学校で生徒がシュレッダーを使う方法はないよね？」

「シュレッダー？　なに捨てたいの？　絵だったら捨てないで莉音にちょうだいよ」

「そうじゃなくて……えっと、色紙……たとえば画用紙サイズの紙をびりびりにして捨てたいときに、どうしたらいいかなって」

「美術室のシュレッダー貸してもらえば？」

「……え？」

——美術室のシュレッダー？

第三のシュレッダーの登場に目を白黒させていると、莉音は「おいで」とそんな架月のブレザーを引っ張って椅子から立たせた。深谷といい莉音といい、関係者たちの方が探偵よりもよっぽど事情を知っているらしいのが不思議である。

莉音が架月を連れてきたのは、美術室の前方にある金属ラックの前だった。壁に沿うようにして並んでいる木製の棚には生徒が使うための備品や制作途中の作品が置いてあるが、この金属ラックには美術教師の小寺の私物が片付けられている。

「ほら、これ」

莉音が金属ラックから取り上げたのは、彼女の両手にすっぽりと収まるくらいの小さなプラスチックの箱だった。片側に鉛筆削り機のようなハンドルがついていて、箱の上部には溝がある。

「これシュレッダーなの？」

「そうだよ。手動だけどね」

手動の小型シュレッダー。そんなものが美術室にあったのか。

「で、でも、勝手に使ったら小寺先生に怒られるんじゃ——」

「そんなことないよ、総合文化部の先輩たちもたまに使ってるし。最後にこうやって蓋を開けて、中のゴミをちゃんと捨てれば使ったことも分かんないよ」

莉音はそう言って、片手で簡単に箱の上部を開けてしまう。大型の自動シュレッダーと比べて、ずっと簡単にゴミを回収できそうだった。「ほら、こうやるんだよー」と得意げに莉音が捨て紙を一枚だけ試しに細断してくれたけれど、手動だから紙を切るときの大きな音もしない。

「美術室は普段、鍵なんてかかってないよね」

「そうだね、うちの部のメンバーが画材とかノートとか置いてるし」

「ここにシュレッダーがあることを知っている人って、どのくらいいるかな？」

「えー、どうだろ。一年生から三年生まで授業で美術室には入ってるから、そのときにこの金属ラックを見れば大体の人が気付くんじゃない？　架月みたいにぼーっとしてたら気付かないかもしれないけど」

架月は呆然とその場に立ち竦んだ。

——容疑者が、またしても絞れなくなった。

職員室や第一作業室にあるシュレッダーと違って、鍵もかかっていない美術室にある手動シュレッダーはいつでも誰でもこっそり使うことができる。

もちろん架月のように、ここに手動シュレッダーがあることに気付かなければ別だけれど、それだっていくらでも「知らなかった」と嘘をつくことはできるだろう。

「架月、どうしたの？　やっぱり泣きそうだね、誰か意地悪な人に何か言われた？」

「……っ」

そうじゃない、意地悪なのは自分だ。

莉音のことをもう一度疑いそうになっている自分に気付いていて、そのことが悔しくて仕方が無いのだ。

手動シュレッダーの場所を親切に教えてくれて、落ち込んだ顔をしている架月に対して気遣いの言葉までくれた莉音が、まさか利久に対して嫌がらせをしている犯人だとは思いたくないのに、それでも少しでもその可能性があると判断するなり自分の脳はその考えに縛られてしまう。もう『四色紙吹雪事件』の犯人などどうでもいいから、意地悪な自分だけが先生から怒られれば解決なんじゃないかとすら思ってしまう。

「あ、そうだ！　架月に見てほしいものがあるの」

黙り込んでしまった架月に対して、莉音は明るい声を掛ける。

手招きされるがままに机に戻ると、さっきまで熱心に何かを描き込んでいた自由帳を見せられる。

「ねえ、どう？　莉音が描いたんだけど、上手だと思う？」

自由帳に描き込まれていたのは見覚えのある四つのエンブレムだった。確実にどこかで見た気はするのに、元ネタが全く思い出せない。

シャーペンの下書きをボールペンでなぞったもので、かなり丁寧に描き込まれている。正直に「上手だと思うよ」と答えたら、莉音はパッと眩しく破顔した。

「でしょー？　これ、色塗りまで終わったら利久先輩にあげようと思ってるの。仲直りの証にしてあげよっかなーと思ってさ」

「それ、何の絵なの？」

「えー分かんないの？　利久先輩といえば！」

「ハリー・ポッター？……あ、ホグワーツの寮のエンブレムか」

「その通り！　調べて描いたんだぁ」

にかっと白い歯を見せて笑い、莉音は机の横にかかっていた鞄の中から色鉛筆のセットを取り出した。

「架月、お絵かき得意でしょ？　仕上げの色塗り手伝ってよ」

「莉音さんからのプレゼントなのに、僕が手伝ってもいいの？」

「いいじゃーん、利久先輩だって上手な絵の方がもらって嬉しいに決まってるし」

にこやかに色鉛筆を広げる莉音を見ているうちに、どんどん架月は呼吸が苦しくなっていった。

莉音のこの優しさが嘘だとは思えない。思いたくない。たとえこの学校にいる生徒たちがみんな障害があるとしても、障害を理由にして莉音の優しさが全てひっくり返るとはやっぱり思えない。

「莉音さんは、どうして特別支援学校に来たの？」

縋るように尋ねてしまったが、莉音はそんな唐突な質問にも親切に答えてくれた。

「中三のときに明星の学校見学に来て優花先輩と会って、絶対にここに入りたいって思ったからだよ」

「そうじゃなくて、どうして普通の高校じゃなくて特別支援学校だったの？」

「えー、そんなこと聞かれるの初めてだな。小三のときから支援学級にいたから、みんな莉音が支援学校に行くことに『どうして』なんて思わなかったからさぁ」

戸惑いながらも、莉音はしっかりと悩んで答えを出してくれた。

「支援学級に入った理由は、勉強についていけなくなったからなんだけど……でも莉音、普通の学級に行きたいなんて思ったこと一度もないよ？　むしろ、普通クラスの男子たちとしょっちゅう喧嘩してたし」

「小学生だったら友達と喧嘩くらい普通じゃない？　僕の小学校でも、男子と喧嘩する女子ってたくさんいたよ」

「相手のことを階段から落としちゃった女子もいた？」

突然放たれた問いかけに、思わず絶句してしまう。

「……な、何したの？」

「たまたま階段の途中で喧嘩になっちゃっただけだよ、つかみ合いになったら相手が踊り場まで三段くらい落っこちただけで別に怪我もしなかったし――」

「そうじゃなくて、相手の男子は莉音さんに何をしたの？　自分に何もしてこない人にそんな酷いことしないでしょ、莉音さんは。そんなことするくらい相手から酷いことされたんじゃないの？」

心配になって思わず立て続けに質問してしまったら、莉音はパチパチと目を瞬かせた。

彼女は「ありがとね」と苦笑してから、架月の疑問に答えてくれる。

「別に莉音はたいしたことはされてないよ。中学時代の支援学級にお喋りができない一個上の先輩がいて、その先輩が分からないと思って男子たちが莉音たちの教室前の廊下で揶揄《からか》ってきたの。だから莉音が階段までそいつら追いかけて、胸倉摑もうとしたらそのまま突き落としちゃった」

あっけらかんとすごいことを言われてしまった。

「交流クラスで仲が良い女友達もいたけど、それでもずっとあのクラスの中にいて男子と喧嘩ばっかする毎日を送るのは嫌すぎるでしょ。だから支援学校に来たんだけど、これで答えになってる？」

「莉音さんは賢いね」

「賢いって人生で初めて言われた！　架月って変な子だね」

莉音にのけぞって驚かれたが、別に自分の感想は変ではないはずだ。

「ってか、そんなことはいいから色塗りやろうよ。莉音がエンブレムの背景を塗っていくから、架月は細かいところをお願いね」

「分かった」

莉音が利久のために丁寧に描いた絵だから、絶対に失敗できない。

そんなふうに身構えていた架月は、莉音が「よろしくー」と机の上にぽいぽいと放った色鉛筆を見て目を見開いた。

「……あ」

＊＊＊

「謎は全て解決しました」

翌日の放課後、架月は再び農園にいた佐伯を捕まえてそんな一言を放った。

佐伯はホースでの水やりを止めて、ビニールハウスの中にあるベンチに架月を誘った。並んで腰を下ろすと、ビニールハウスの中に差し込んだ西日に全身を包まれる。

暖かい陽光を浴びていると、根拠もなく背中を押されているような気分になった。

自分の推測に不安がないわけではない。莉音が嫌がらせをしているのではないかと先生たちに話したときよりもずっと慎重に調査をしていたはずなのだが、それ故にと言うべきなのかそれなのにと言うべきなのか、導き出した答えを口にするのを躊躇ってしまう。

「な、何から、お話しすればいいでしょう？」

「架月が話したいところからどうぞ」

その指示は一番困る。

しかし佐伯が押し通すということは、自分で順序を考えて話すということも架月に課せられたミッションの一つなのだろう。

架月はしっかり考え込んで、迷いを消してから口を開いた。

「まず、この事件は犯人が誰かという点はあまり重要ではなかったんです。僕がずっと気にしていたのは、利久先輩に嫌がらせをしている人がいるのではないかということでした。でも、あの紙吹雪を撒いた人は嫌がらせをしていたわけじゃなかったんです。そのことが分かった時点で、もう僕としては犯人はどうでもいいと思いました」

「どうして紙吹雪が、嫌がらせではないと分かったんだ？」

「紙吹雪の色です」

架月はポケットの中から、四色の紙吹雪が入ったチャック付きの小袋を取り出す。

「ただシュレッダーのゴミを撒くだけなら、白い紙ゴミの方が集めやすいんです。シュレッダーの受け箱に入っているゴミは、白い紙のゴミばかりでした。わざわざ四色の無地の色紙を裂かなくても、白い紙ゴミならたくさんあるんです。たとえば美術室のシュレッダーで自分でプリントを裂いたとしても、色紙よりは白い紙の方が手に取りやすいはずです。だって美術室には、利久先輩がいつも裏面に小説を書いているような紙——生徒が自由に使ってもいいプリントの裏紙が、たくさん置いてあるんですから」

架月が注目するべきはいつ犯人がシュレッダーを使ったのかという点ではなくて、どうして犯人はわざわざ四色の色紙を準備したのかという点だった。

「階段に散らばっていた紙は、赤と青、緑、黄色の四色です。その四色には共通点があります。そのヒントは、莉音さんが教えてくれました」

架月は小袋に入っていた四色の紙吹雪を掌《てのひら》の上に出して、佐伯に差し出す。

「これはそれぞれ、ホグワーツの四つの寮のイメージカラーなんです。グリフィンドールに赤、レイブンクローに青、スリザリンに緑、ハッフルパフに黄色が当てはまります。つまりこの四色の紙吹雪は、ハリー・ポッターが好きな利久先輩のためにわざわざ作られたものだったんです」

犯人は利久に嫌がらせをするために紙吹雪を撒いたのではなく、利久のためを思って紙吹雪を撒いたのだ。

「なるほど。それでは、どうして犯人は利久のために階段に紙吹雪を撒いたんだろう？」

「僕、清掃班の見学で窓掃除が一番遅かったんです」

「ん？」

いきなり明後日の方向に飛んだ話に、穏やかに相槌を打っていた佐伯が一瞬だけ当惑する。架月は紙吹雪を袋の中に戻しながら、訥々《とつとつ》と言葉を続けた。

「僕は掃除がすごく楽しくて、自分でもこの作業に向いてるんじゃないかと思ったくらいだったんですけど、深谷は僕が清掃班に行きたいって言ってるのを聞いてすごくびっくりしていました。深谷から見たらびっくりするくらい遅かったんだと思います」

事実の説明にだんだんと自分の感想が混ざってきて、自分でもよく分からなくなってきた。それでも佐伯が口を挟まずに聞いてくれるので、架月はめげずにゆっくりと脳内で言葉を並べてから口に出す。

「前回の奉仕活動で、利久先輩は校門前の花壇の水やりをしていました。そのときの利久先輩は、先生が『そろそろ次』って言わないとずっと同じ花壇に水をやっていて、土をびちゃびちゃにしていたんです。先生に注意されるたびに『大丈夫です』って怒ってたし、てっきり僕は利久先輩って奉仕活動が嫌いなんだなって思ってたんですけど……でも僕だって掃除は嫌いじゃないけど、掃除が苦手だから……だから利久先輩も、もしかして嫌いなんじゃなくて苦手なだけだったのかなって気がしたんです。『綺麗になるまで掃除しろ』って難しいです、綺麗の感覚って人によって違うから。水やりだって、僕もやれって言われたら充分な量は何デシリットルですか？って聞きたくなっちゃいます」

だから、と言葉を切って、架月は佐伯をまっすぐに見上げた。

「この紙吹雪は、利久先輩が掃除するための目印なんじゃないでしょうか？」

佐伯が瞳を輝かせた。

その変化には気付かず、架月は淡々と言葉を続ける。

「最新掃除機のコマーシャルで、黒い床に散らばった白い粉を吸い込んで『このくらい綺麗になります！』ってやるやつあるじゃないですか。普通のゴミは肉眼では見えづらいから掃除しても本当に綺麗になってるのかどうか分からないけど、コマーシャルの粉みたいに目立つゴミだと掃除をするとどのくらい綺麗になってるか分かりやすいんです。だからこの紙吹雪も、それと同じなんじゃないでしょうか？」

この紙吹雪は嫌がらせの道具ではなく、利久のために編み出された便利なアイテムだったのだ。

「四色の紙吹雪が階段に落ちていることで、『紙吹雪が全部集まるまで掃き掃除をする』という目印ができます。どのくらい床を掃いたらいいか、先生にずっと隣から『そろそろ次の段だよ』と言われなくても自分で判断できます。この紙吹雪は利久先輩の掃除を邪魔するためじゃなくて、利久先輩がもっと簡単に掃除ができるように撒かれたものなんじゃないですか？」

「それを撒いたのは、藤原先生だよ」

あっさりと、佐伯は今まで出し渋っていた正答を出した。

斜陽に照らされた佐伯の表情は、暖かな西日よりもなお穏やかなものだった。彼はベンチから立ち上がって、湿った土の匂いが立ちこめるビニールハウスの中でゆったりと歩を進める。

「藤原先生は利久が一年生のときから担任だからな。自分からは要求を出してこない利久が、本当はどんなことをしてほしいかを把握してる」

ビニールハウスの中央で、不意に佐伯は足を止めた。

外界とは隔絶された半透明の膜を纏った空間で、佐伯が静かに尋ねる。

「莉音や利久が、どういう障害を持っているか知りたいか？」

虚を突かれて、架月は目を丸くする。

「障害のことについて詳しい先生たちに聞きたかったんじゃないのか？　今、俺が全部教えてもいいと言ったらどうする？」

投げられた質問を熟考するために視線を落とすと、爪先の近くをとぼとぼと小さなアリが歩いていた。目的地を見失ったように心許なく彷徨うアリを凝視しながら、架月は黙り込んで頭の中で言葉を組み立てる。

しばしの逡巡を経て、架月は再び顔を上げた。

いつも迷いのない先輩の口調を思い出して、勇気をもらうようにそれをちょっとだけ真似してきっぱりと答える。

「大丈夫です」

断られたというのに、佐伯は少しだけ嬉しそうだった。

「そうか？　後でやっぱり教えてって言ってもダメだぞ」

「言いません。僕は先生よりも障害のことについては詳しくないけど、莉音さんや利久先輩や他のみんながどんな人なのかは少しずつ詳しくなってきているつもりです。分からないことがあったら、本人に直接聞きます。だから、大丈夫です」

分かった、と佐伯は頷いた。

斜めに差し込む蜜柑色の陽光が、ビニールに反射してきらきらと光る。その光の粒子を手で払いながら、架月は晴れやかな気持ちで乳白色の夕焼け空を見上げていた。

＊＊＊

生徒名：須田莉音
受験番号：14
入試結果：学力試験　三科目合計九十点、二十六位／五十六人
　面接　B判定（備考：面接官に対して敬語が抜けること多々あり）
　実技試験　十二位／五十六人（備考：「体育」「生活力」「作業学習」のいずれも高水準だが、作業中に他の受験生に話しかけようとする姿が見られた。試験中に泣き出した受験生に対して声を掛け、一緒に離席しようとして試験官に止められた）

【中学校からの入学願書より】
A判定項目：【明朗性】【体力・根気】

Ｂ判定項目：【協調性】
Ｃ判定項目：【礼儀】【集団行動】【道徳心】【整理整頓】【情緒の安定】

・男子とのトラブルが多い。支援学級の同級生や後輩、交流学級の女子への嫌がらせの現場を目撃したときに手を出してしまい、親が学校まで来て謝罪するということが何度かあった。
・支援学級ではリーダーとしてみんなを励ましている。面倒見がいい性格のため、支援学級の生徒たちからは慕われている。交流学級の女子生徒たちの中にも、莉音のことを頼りにしている生徒がいる。
・在籍は支援学級だが、本人の強い希望で中一のときから交流学級の生徒たちに交じって女子バレー部に所属した。何事にも一生懸命で負けず嫌いな性格のため、バレー部の活動も三年生までほとんど休まずに参加した。
・物事に白黒をつけたがる。肯定するときも否定するときもきっぱりとした物言いをするため、相手に悪く捉えられてトラブルになることが多い。
・大人に敬語が使えない。憧れている女子の先輩には敬語で話すが、教師には友達のような距離感で話す。

【担任からの所見】

自分の価値観を押し通しがちなため、しばしば交流学級の男子とトラブルを起こすことがありました。しかし何事にも負けず嫌いで前向きな性格のため、貴校で対等な友人関係を築くことで持ち前の優しさや面倒見の良さを伸ばしていけると思います。

ぜひとも、貴校への入学を認めていただきますようお願いします。

第二章

ゴールデンウィーク明け、一年生たちの作業学習班が正式に決定した。

いくつかのグループに分かれての体験学習を経て、架月が正式に加入したのは清掃班だった。

自分の第一希望があっさり通ったことに驚いていたら、副担任であり清掃班担当の木瀬に「うちは厳しいからな、架月」と釘を刺されてしまい、気を引き締めて頷いたのが先週の月曜日のこと。

しかし、それからちょうど一週間が経った月曜日の一時間目、架月は誰もいない教室で立ち尽くして一人で滂沱《ぼうだ》の涙を流していた。


その日は一時間目から四時間目が作業学習で、朝のホームルームが終わるとすぐにクラスメイトたちは散り散りに各自の教室へと向かっていった。制服のまま向かう生徒もいれば、ジャージや作業着に着替えてから移動する生徒もいたりと様々である。

一時間目が始まって十分ほどが経過したとき、他に誰もいないはずの教室に入ってくる人影があった。

「うわっ、びっくりした！」

幽霊にでも会ったような悲鳴を上げたのは、作業着姿の深谷だった。農園芸班に正式に加入した彼は、嗚咽《おえつ》している人影の正体が架月であると気付くや否や慌てて駆け寄ってくる。

「何やってんだよ、架月。もう授業始まってるけど」

「み、深谷も、何やってるの？」

「俺？　俺は教室に水筒忘れたから取りに来ただけだけど……っていうか、何だその恰好は」

架月はズボンだけを制服のスラックスから作業着に着替え、上はブレザージャケットを脱いでワイシャツのボタンを全部外した中途半端な恰好をしていた。

「それは制服に着替えたいの？　作業着に着替えたいの？　どっち？」

深谷はそう言いつつ、架月の机の上にぐしゃぐしゃに丸められていた作業着の上着を差し出してくる。見学のときに清掃班が作業着で活動していたことをちゃんと覚えているらしい。

「早く着替えて移動しろよ、もう清掃班の活動とっくに始まってるだろ」

「清掃班はクビになった」

「は？　んなわけある？　先週決まって今週クビになるわけ？」

こみあげる嗚咽を呑み込みながら、架月はなんとか事情を説明しようと口を必死で開閉させた。

「先週、木瀬先生に『次、また遅刻したらクビにする』って言われた。それなのに今日も遅刻したから、クビになった」

「それは先生がよく言うやつだよ！　いいから早く着替えろ！」

自分も授業中のはずなのに、深谷はほとんど無理やり架月を作業着に着替えさせて「ほら、行くぞ！」と代わりに清掃班の作業学習ファイルを持って一緒に廊下に出てくれた。

「行かない、遅刻したから」

「だからっつってぐだぐだしてたら、もっと遅刻するだろ！　今すぐ動けば、遅刻の中でも一番マシな遅刻になるの！」

「分かんないこと言わないで！」

ほとんど癇癪《かんしゃく》のような声を上げてしまい、自分の声に自分でびっくりした。

「ご、ごめんなさい」

友達に怒鳴ってしまった。

その事実に打ちのめされて萎《しお》れた青菜のようになっていたら、深谷が困惑しきった様子で溜息を漏らした。

「謝るくらいなら怒るなよ……。てか、俺はお前の言ってることの方がよっぽど分からんけど」

「……うぐぅ……」

声を荒らげたことへの罪悪感で一切の抵抗ができなくなってしまい、架月はなすすべもなく、ほとんど深谷に引きずられるようにして清掃班の活動場所まで連れて行かれる。

清掃班の正式なメンバーとして活動を始めてから、架月はほぼ毎回のように作業学習に遅刻していた。理由は明白である。制服から作業着に着替えているうちに休み時間が終わってしまって、チャイムが鳴ってから教室を移動するからだ。

遅刻するたびにペアの先輩である由芽に「遅れない！」と怒られて「ごめんなさい」と謝ることを繰り返していたが、先週の金曜日の作業学習でとうとう木瀬から「来週また遅刻したら、清掃班はクビな」と宣告されてしまった。

そして今日もしっかり遅刻してしまったから、もう自分はクビなのだ。

作業を始める前の挨拶の仕方は習ったけれど、クビになったときの教室への入り方はまだ習っていない。知らないことをやるのは怖い。

深谷に引きずられながら用具室に入りかけた架月だったが、寸前でいよいよ心が折れてその場に両膝を突いてしまった。そのまま廊下に座り込むと、深谷ですら腕力だけでは引っ張れなくなって「なにやってんだよぉ」と呆れた調子で肩を叩かれる。そのまま見捨てられるかと思ったら、深谷はそのまま架月の隣で膝を折って廊下に座り込んだ。

なんで深谷はここにいるんだろう。

途方に暮れながら疑問に思っていたら、程なくして木瀬が用具室から出てきた。

「え、深谷？　どうした、何やってるの」

「架月が『清掃班はクビになったから行かない』って教室で泣いてましたよ」

深谷があまりにものんびりとした口調で言うものだから、これは自分が感じているほど大事ではないのか？とうっかり思ってしまう。架月は今、顔を上げたらこのまま世界が終わるんじゃないかというくらいギリギリの崖っぷちに立っている気分だけど、深谷も木瀬もなんだか普通だ。膝を抱えてがくがく震えている自分だけがおかしいんじゃないかと思うくらい。

「まさかそれをここまで連れてきたのか？　うわー悪かった、深谷も遅刻したと思われるだろ。佐伯先生に事情を説明しておくよ」

「自分で説明できるから大丈夫ですー」

ころころと笑いながら、簡単そうに言い放つ深谷は本当にすごい。自分で先生に説明するってどういうことだ、台本があるわけでもあるまいに急にそんなことが出来るのか。

「じゃあな、架月。クビになったら農園芸班に来ればいいよ」

「……うん、そうする」

「そうするな！　深谷ありがとう、助かったよ」

木瀬にお礼を言われて、深谷は「いーえー」と軽やかに言って立ち上がった。そのままサクサクとした足取りで農園の方向に向かう深谷を眺めながら、思わず本音が零《こぼ》れてしまう。

「……ああいう高校生になりたい……」

他の人の長所が目に入るたびに、自分の短所を思い知ってしまって死にたくなる。

だから架月は、いつも指を咥えて誰かを眺めながら「ああなりたい」と呻《うめ》くことしかできなくなるのだ。

「まずは遅刻しない高校生になろうな。はい、立った立った」

背中をぽんっと叩かれて、架月は鼻をすすりながら何とか立ち上がった。

＊＊＊

作業学習が終わった直後の休み時間、木瀬は職員室に戻ってきた佐伯を捕まえて開口一番に尋ねてみた。

「深谷、自分が遅刻したことについて何か言ってました？」

「遅刻？　ああ、水筒取りに行ってちょっと遅れたけど、どうしてそれを木瀬先生がご存知で？」

「うわー架月のせいで遅れたって言わなかったんだ！　めっちゃ良い奴だな、あいつ！」

興奮気味に一時間目の件について事情を説明すると、佐伯はやや木瀬とは温度差がある冷めた反応をした。

「俺の感想としては、『そこまでやる必要はあったのか？』って感じだけどな」

「そうですか？　深谷の優しさじゃないですか」

「確かに優しさもあったんだろうけど、そのせいで自分の作業に遅れたら元も子もないだろ。おまけに木瀬先生には自分で説明するって言っておきながら、結局は俺には自分の口から報告できてないいんだから尚更ダメだよ」

「えー、ちょっと厳しくないですかね。確かにエース揃いの農園芸班ならそこまで求めてもいいかもしれないけど」

「うちが厳しいとか厳しくないとかじゃなくて、ちょっと最近の深谷がハイになってる感じがあって心配だという話だよ。自分がクラスでリーダーシップを取れることが楽しくて、その立場を守るために身の丈に合わないことまでやり始めているように見える。そのうち爆発しないといいけど」

「……それは深読みしすぎじゃないですか？」

「まあ、ただの俺の感想だから気にしないでくれ。それより木瀬先生こそ、随分と架月に厳しくしているようで」

木瀬はとたんに口元に笑みを浮かべて、悪戯《いたずら》っぽく「そうですか？」と小首を傾げる。佐伯はそんな若手教師に呆れた視線を向けた。

「『次に遅刻したらクビ』だなんて脅し、架月には通用しないだろ。失敗したときのパニックの材料になるだけで、言葉で脅しただけで遅刻が直るわけでもない」

「確かに注意だけでは直りませんけど、今回の件で架月は遅刻しない対策を練る大切さを身に染みて理解したと思いますよ。自分が言葉で脅されただけでは行動を改善できなかったと気付いて、じゃあどうしたらいいだろうかって考え始める頃合いです」

ってていうか考え始めてほしいんだけど、と木瀬は口を尖らせながら呟く。

「由芽に怒られて『ごめんなさい』って謝って終わりっていうパターンになってましたからね、あいつ。ここら辺で遅刻したらまずいって再認識させないと、あのまま遅刻がルーティーンに組み込まれそうだったので慌てて荒療治をさせていただきました」

「なるほどねぇ、そういう事情があったのか」

佐伯は苦笑する。農園芸班は厳しいだの何だの言っていたが木瀬だって相当なものだ。

＊＊＊

翌日、架月に早くも変化があった。


「うわぁ、何それ！　すっごい可愛い！」

登校した架月が机に出してきたアイテムを見て、莉音が目をキラキラさせて飛びついてきた。

その日、架月が持ってきたものは木製の手作り時計だった。楕円形の土台にアナログ時計の文字盤が真ん中に埋め込まれていて、周囲がカラフルなタイルで彩られているという卓上時計である。

「これ、架月が作ったの？　すごいねぇ！」

「中三のとき卒業制作で作ったやつ。僕が作ったっていうか、クラスのみんなで作ったって感じなんだけど」

「触ってもいい？」

もちろんと頷くと、莉音がすぐさま両手を伸ばして時計を持ち上げた。

「あっ、裏に彫刻刀で名前が彫ってある！　これも自分でやったの？」

「これはクラスの友達が代わりに彫ってくれたの。本当は自分で彫るんだけど、僕が中一のときに指を削ってから彫刻刀に触れないってクラスの子が知ってたから、やってあげるよって言われて」

　そういえばこの名前を彫ってくれたのが誰だったか、架月は覚えていなかった。親切にしてくれるくらい仲が良かったはずなのに、顔も名前も思い出せないなんて自分は薄情な人間なんじゃないかなと今更落ち込んでしまう。

「ねえ見て、純！　架月が中学校で作ったんだって」

　莉音がにこやかに呼びかけたのは、朝学習のプリントに向かい合っていた深谷だった。突然声を掛けられた深谷は戸惑ったように顔を上げたが、すぐに莉音に笑いかけられて自分も笑顔になる。

「あ、時計だ」

「そうそう！　純にクイズです、今は何時何分でしょう？」

「えっと……八時二十三分だ」

　莉音は卒業制作のアナログ時計を指さして尋ねたのだが、深谷がちらりと視線を向けたのは自分が腕につけているデジタル時計だった。クイズの意図が伝わらなかったことを悟った莉音が拗《す》ねた顔になる。

　一方架月は、深谷が答えた時刻を聞いて「あれ？」とアナログ時計の文字盤を覗き込んだ。

「あ、時間ずれてる。持ってくるときに鞄の中でネジ押しちゃったかな」

「どうやって直すの？　見せて見せて」

「このネジを回すんだよ。えーっと、八時二十三分だから……これでよし」

架月が直した時計の文字盤を見つめて、深谷がぽつりと「……八時二十三分」となぜか現在時刻を繰り返した。その一瞬だけ彼の表情から笑みが消えて、あれっと思った次の瞬間にはすでに穏やかな笑顔に戻っていた。

——今の、見間違い？

架月が呆気にとられている間にも、莉音は楽しげに話を続ける。

「いいなぁ、この卒業制作。莉音は支援学級で同級生の子がいたから、その子と一緒にペーパークラフトの万年カレンダー作ったんだよ。でも交流学級の友達は、架月みたいに彫刻刀とか使ってちょっと難しいオルゴール作ってたの。莉音と一緒に支援学級にいた子はハサミも先生に使っちゃダメって言われてたから、それは出来ないからさあー。莉音だけオルゴール作ったら羨《うらや》ましがられちゃうかなーと思って、莉音も一緒にカレンダーにしたんだよね」

「優しいね、須田ちゃん」

「えー、優しいとかじゃなくて別にカレンダーでもよくない？　オルゴールよりは使用頻度が高いじゃん。純は何作った？　交流学級の子と同じやつ？　それとも支援学級だけの特別なやつだった？」

深谷は笑顔のまま少しだけ沈黙し、それから普段よりも少しだけ低い声を絞り出す。

「学校のミニチュアが入ったスノードーム。中に水が入ってて、ひっくり返すと雪が降るやつ」

「えー、超可愛いじゃん絶対見たい！　ねえお願い、今度持ってきてよ」

「もう無いよ、捨てたもん」

「へ？」

にこやかにおねだりしていた莉音が、その一言に表情を強ばらせた。

彼女は深谷の二の句を待っていたようだが、彼は笑顔のままそれ以上の言葉は話さずに黙り込んでしまう。さっきまでとは一転して気まずい沈黙が流れて、それに耐えられなくなったような素振りで莉音がおずおずと口を開いた。

「なんで捨てちゃったの？　せっかく作ったんでしょ？」

「だって使わないじゃん。時計とかカレンダーとかに比べたら、スノードームって」

「つ、使うとか、使わないとかじゃなくない？　スノードームって」

心底困惑した声音で、莉音は続ける。

「もったいないじゃん、せっかく純が作ったのに……中学時代の思い出になるんだよ？」

「架月はどうして、それ持ってきたの？」

急に話を振られて、架月は「え、あ」と露骨に動揺してしまった。

莉音との会話を無理やり振り払うような質問だったが、それを再び軌道修正するほどの技量は自分にはない。だから架月は、戸惑いながらも深谷の問いにそのまま答えるしかなかった。

「作業学習でいつも遅刻しちゃうことをお父さんに相談したら、自分用の時計を持っていけばって言われて。これを机に置いておけば、いつでも時間を見られていいんじゃないかって」

「えー、でも時計は教室にもあるじゃん。その時計と同じアナログ時計がさ」

莉音があっさりと計画の穴をついてきた。

「教室に時計があるのに遅刻しちゃうんだから、同じような時計を二つ並べても意味ないんじゃないの？」

「……た、たしかに？」

そんな単純なことに、この期に及んで気が付いた。

「意味なかったかも……どうしよう……」

「意味がないかどうかはやってみないと分からない！」

莉音は気丈に励ましてくれるけれど、元はと言えば彼女の一言がきっかけではあるのでイマイチ励ましが響かない。

「時計じゃなくてタイマーにすれば？　接客班はテーブルを片付ける速度をキッチンタイマーで計ったりしてるよ」

「タイマー読めないから、僕」

「え、なんで？　架月、デジタルとアナログの両方で時計読めるし、数学のプリントも一番解けるのに」

「アナログ時計は読めるし数学も好きだけど、デジタルのタイマーで残り何分って言われてもどのくらいの時間が残ってるかピンとこないんだよね。カウントダウンされても焦って逆に遅くなっちゃうっていうか」

「だって、佐伯先生！」

莉音が突然、教卓でプリントの整理をしていた佐伯に声を掛けた。

「架月が困ってるんだから、そろそろ架月が遅刻しないようになる答えちょうだい！」

「別に先生だって答えを知ってるわけじゃないよ。これが答えだって決めるのは架月で、こっちはヒントを出すだけだからなぁ」

佐伯はそう言いつつも「ちょっと待ってろ」と教室を出て行って、すぐに小さな時計を持って戻ってきた。

「架月にこれを貸してやろう」

片手にすっぽり収まるくらいの小さな時計は、アナログの文字盤なのに針が一本もなかった。代わりに中央に回転式のつまみがあり、佐伯がそのつまみを回すとゼロの表示部分から半透明の赤いフィルムが引き出され、時計回りに円形を塗りつぶすようにフィルムが侵食していく。

興味津々で文字盤を覗き込んでいた莉音が、「おお!」と目を輝かせた。

「これ、アナログ時計のタイマーじゃない? こんなのあるんだー」

「そう。タイムタイマーっていって、時間が経つごとに色のついた面が減っていくことで残り時間が分かるんだ。架月の場合は休み時間のうちに着替え終わるっていう目標だから、たとえば七分間でセットして着替え、それから三分で移動っていうふうにしてみればいいんじゃないか?」

架月よりも莉音の方がタイムタイマーに食いついて、くるくるとつまみを回して色面を引き出しながら「これいいなぁ、デジタルのタイマーより見やすいかも」と自分がもらったようにニコニコとしている。

「莉音はデジタルのタイマーでも読めるけど、どっちがいいか選べるならこっちの方がいいかもなあ。これ使ってみようよ、架月」

「うん」

莉音からタイムタイマーを受け取りながら、架月は深く頷く。深谷はすでにそんな二人の話の輪から外れて、再び朝学習のプリントに戻っていた。

——まずは遅刻をしない高校生になる。

こうなりたいと目標にした姿に近づくため、架月は最初の一歩を踏み出す覚悟を決めていた。

タイムタイマーを使い始めてから、遅刻の数は少しずつ減り始めた。といっても毎回のように遅刻していた頃に比べたら数回に一度だけの遅刻になったという低いレベルでの成長だったが、それでも架月にとっては大進歩だ。

卒業制作のアナログ時計は結局使わなかったけれど、莉音が「せっかく持ってきたんだから、どこかで使おうよ！」と言ってくれたので、作業学習の用具ロッカーに置いておくことにした。

作業学習用のロッカーとは用具室前の廊下に並んでいる小さな棚のことで、各生徒が作業学習で使う用具をしまっている。学年ごとではなく作業班ごとの区別で並んでいて、架月は由芽と上下の位置にある最上段のロッカーを使わせてもらっていた。

ロッカーといっても扉もないただの棚なので、ここにアナログ時計を置いておけば廊下を通りかかるみんなが時間を確認できて便利なのではないかと思ったのだ。

「……あれ？」

しかし遅刻が少なくなったタイミングで、架月には別の問題が降りかかっていた。

「これ、僕のペンケースじゃない」

架月のロッカーに入っていたピンクの筆箱は、ひっくり返すと背面に『ゆめ』という名前シールが貼ってある。やっぱりかと嘆息《たんそく》しつつ、筆箱をこっそり由芽のロッカーに返してやる。

一年生に作業学習用のロッカーがあてがわれてから、由芽は時折自分の荷物を架月のロッカーに隠していた。隠すというよりは、架月のロッカーも自分のロッカーだと思っていて使ってしまうのだという。先生がそう教えてくれた。

最初に現場を目撃したのは、ゴールデンウィークが明けてすぐのことだった。休み時間に莉音と作業学習ファイルを取りに行ったら、ちょうど由芽が架月のロッカーに顔を突っ込んで荷物をあさっているところだったのである。

『何やってるんですか、由芽先輩』

『見るのダメ！』

『ええ……？』

ダメと言われても自分のロッカーだ。遠慮せずに覗き込むと、由芽は手のひらにすっぽり収まるサイズの小物をロッカーの奥に押し込んでいるところだった。

『それ、陶芸チームで作った箸置きだよ』

莉音が囁《ささや》く。

陶芸チームとは、毎週金曜日にある伝統文化ゼミという授業の縦割り班の一つだ。伝統文化ゼミは陶芸チーム、書道チーム、茶華道チーム、和太鼓チーム、機織りチームの五つのグループに分かれていて、それぞれ外部講師を招いて夏休み中の学校説明会や秋の文化祭に向けて作品作りや練習をしている。架月は機織りチームだったが、莉音と由芽は共に陶芸チームだった。

由芽は得意げに小物をこちらに見せてくる。小さな陶器の猫で、由芽は白猫と黒猫を一匹ずつ手に持っていた。

『先週の伝統文化ゼミで、莉音たちが粘土をくり抜いて色付けしたの。さっきの昼休みに陶芸の先生が焼けたのを配ってくれたんだよ、莉音も桜の箸置き作った』

『すごい。僕にくれるんですか？』

由芽は笑顔のまま『違くて』と首を横に振った。あれ？

『じゃあ、なんで僕のロッカーに？』

『かくれんぼ』

『へ……？』

『黒が鬼』

由芽は架月に黒猫の箸置きを押し付けて、自分は白猫を架月のロッカーの奥に隠してしまった。

『もういいよー』

架月と莉音は顔を見合わせる。由芽がまた何か変なことを始めた。

『架月の黒猫が、白猫ちゃんを探せばいいんじゃない？　どこだどこだー？って』

『……どこだー？』

架月は戸惑いながらも、莉音の真似っこをして黒猫の箸置きを動かしてみる。

かくれんぼと言われても、さっき隠す場所はバッチリ見せてもらった。迷わず由芽が隠した白猫を引っ摑んで『見つけました』と言うと、由芽が途端に不機嫌そうな顔になる。

『違う！』

『え？　なんでですか、ちゃんと見つけましたよ』

『ちゃんとかくれんぼして！』

『もー違うよぉ架月、黒猫は白猫が隠れたところを見てないんだからそんなすぐに見つけられるわけないじゃん』

味方だと思っていた莉音からも文句を言われた。

『だ、だって僕は見てたよ、隠れるところ』

『架月は見てたけど、黒猫は鬼だから見てないんだよ。由芽先輩、莉音がやってあげる！』

莉音が架月の手から二匹の猫を毟《むし》り取り、先ほど由芽が隠したのと同じ場所に白猫を押し込んだ。

そして、黒猫に『どこだー、しろー』とアテレコをしながら、ロッカーの手前やファイルの裏など見当違いの場所を覗かせる。由芽の眉間の皺が消えて、ニコニコと嬉しそうな笑顔になった。

『分かった？　架月、こうだよ』

『それ何が楽しいわけ？』

『ひどーい！　由芽先輩がせっかく作った猫なのに！』

『いや、箸置きを否定してるわけじゃなくて……』

結局、莉音のおかげで由芽はご機嫌になり、二つの猫の箸置きはそのまま架月のロッカーに置きっぱなしにされた。きっとそれが契機だったのだと思う。架月のロッカーに隠し物をして、後輩と楽しく遊べたことが嬉しかったのだろう。それ以来、由芽は架月のロッカーに堂々と私物を入れるようになった。

最初は由芽の持ち物を見つけると毎回先生に報告していたのだが、そのたびに先生に注意されてメソメソする由芽に「先生に言っちゃダメ！」と言われてしまい、架月はそれ以来誰にも報告せず黙って由芽のロッカーに持ち物を戻すようになっていた。先輩にダメと言われたことはやってはいけない。架月の中では、それが絶対なのである。

――ペンケースだけじゃなくて、他にもあるかもなぁ。

一応、自分のロッカーにあった持ち物を一つずつ出してチェックしてみる。

すると使い捨て手袋の箱の下に、ディズニープリンセスのイラストが入った封筒が見つかった。

「ん？」

絶対にこれも由芽先輩のじゃんと思って引きずり出してみると、宛名の枠には由芽の字で『かづきへ』と書いてある。その周囲にはプリキュアやすみっコぐらしのシールがごてごてと貼ってあって、その混沌っぷりからますます由芽らしさが透けて出ている。

　これも由芽先輩が交ぜた私物だなと思いながら彼女のロッカーに戻してやろうとしたら、腕に抱えていたファイルの端で隣のロッカーの荷物を倒してしまった。

　雪崩《なだれ》を起こしてしまったのは深谷のロッカーだった。床に落ちたクリアファイルからプリントが溢れて、架月は慌ててしゃがみ込んでプリントを拾う。

　クリアファイルにプリントを一枚ずつ戻していたら、ふと奇妙な点に気が付いた。

　床に散らばったのは一年生全員に配られている作業学習ガイダンスのプリントや、四月の最初に行ったオリエンテーションの資料である。架月も同じものを持っているが、床に落ちているプリントには全てふりがなが振ってあった。

　難しい漢字だけではなく、小学校低学年で習うような字も含めて全てにひらがなが割り当てられていて、かえって架月から見たらごちゃごちゃしていて見づらい印象がある。

「何やってんの、架月」

　いきなり死角から声を掛けられて、架月はうわっと大袈裟な声を上げて飛び上がってしまう。いつの間にか背後に近づいていた深谷は、架月がかき集めているプリントを見下ろして身を硬くしていた。

　こちらを見つめる深谷の瞳が、まるでいじめっ子を目の当たりにした子供のように凍り付いている。自分がとんでもなく悪いことをした気分になって、架月は慌てて謝罪した。

「ごめん。深谷のロッカー、崩しちゃったの」

「それはいいんだけど……そのファイルとプリント、俺のロッカーから出てきたの？」

「え？　う、うん」

プリントを全部入れ直したクリアファイルを深谷に差し出したが、彼は困ったように眉尻を下げたまま受け取らなかった。

奇妙な沈黙を経て、深谷はぽつりと呟く。

「これ、俺のじゃないよ」

「へ？」

「どうして俺のロッカーから、誰のものか分からんファイルが出てきたわけ？」

架月はドキリとして、さっきロッカーから取り上げたディズニープリンセスの封筒に視線を走らせる。

——まさか由芽が？

「誰だろ、そんなことやったの。このファイルの正しい持ち主に返してあげたいけど、名前も書いてないから分からないしなぁ」

深谷がいつもの穏やかな調子で独りごちるものだから、架月は思わず自分が知っている情報を吐いてしまった。いつも助けてもらっている分、自分が深谷を助けたいという気持ちもあったから。

「もしかして由芽先輩かも。たまに由芽先輩、僕のロッカーに自分の荷物を隠しちゃうの。僕のロッカーだけが狙われてるのかなと思ってたからスルーしてたんだけど、もしかして深谷のロッカーにも荷物を交ぜてたのかもしれない」

「そうなの？　全然気付かなかった」

「うん。でも、たぶん意地悪でやってるわけじゃないんだよ？　僕は清掃班でペアになってるから、たぶん共有のロッカーだと思われてるだけで……他の人のロッカーにも触るような人だとは思ってなかったんだけど……」

「……へえ、そうだったんだ」

深谷はなぜか、いつものように流暢《りゅうちょう》に会話に乗ってはくれなかった。

何やら考え込むように押し黙ってしまった彼を見て、架月はハッとして付け足した。

「あ、でも、このこと先生に言っちゃダメなんだよ。由芽先輩がそう言ってた」

「は？　架月はそれでいいの？」

「え？」

鋭く問われて、ドキッとする。何で深谷が怖い目をしてるんだ？

「い、いいんだよ。先輩だもん、当然じゃん」

「分かってるよ、架月と仲良くしてる先輩だもんな。別にロッカーに荷物交ぜられてたくらいで、俺も先生には言ったりしないよ」

ようやく深谷は、いつもの彼らしく頼もしい笑みを浮かべた。

「このファイル、俺があとで直接由芽先輩に返しておくよ。ちょうだい」

「え？　別に由芽先輩のロッカーに戻しておけばいいんじゃないの」

「直接返して、そのときに次から俺のロッカーに荷物置かないでくださいって言ってみるよ。ついでに架月のロッカーにも触らないでくれってお願いしてみよっか？」

おおっ、と架月は目を見開いた。さすが深谷、そういうこともできるのか。

同級生の頼もしい姿を見ていると、自分も本当であればそこまでやってみるべきだったのかなとちょっとだけ後悔する。

「僕の分は大丈夫、自分で言ってみるから」

「そう？　じゃあ、俺は自分のことだけ言っとくわ」

深谷はクリアファイルを受け取ると、さっさと踵《きびす》を返してしまった。これから先輩に直談判に行くというのに、一切臆している様子がない。

自分も頑張ってお話しないと。

そんなことを考えて、架月は固く覚悟を決めた。


作業学習の時間、覚悟を決めた架月が由芽に話しかけるよりも先に、彼女が「架月！」と突進しそうな勢いで駆け寄ってきた。

「ラブレター、見た？」

「ラブレター？」

「お手紙！」

ああ、と架月は頷く。

「見ました」

すぐにロッカーに戻したけれど、見たことは見た。

「架月は由芽のこと好きー？　由芽は好きだよっ」

嫌いなわけがない。いつも由芽は架月に話しかけてくれるし、架月がぼんやりしているせいで怒ることもあるけれど決して見放さずに優しくしてくれる。

だから架月は、一切躊躇《ためら》わずに頷いた。

「はい、好きです」

「ありがとっ」

そうか、あの手紙は自分にくれたものだったのか。

そう思いながらぼんやりと作業机の前に座ったら、由芽が素早く腕に抱きついて頰にキスをしてきた。

「何やってんだ！」

爆発するような怒鳴り声に、架月の全身が凍り付いたように固まる。

大声を上げたのは、教卓で授業の準備をしていた木瀬だった。彼は水を打ったように静まりかえった用具室を大股で横切って、自分の体を割り込ませるような形で無理やり架月と由芽を引き剝がす。

木瀬の怒声に呆気にとられていた由芽が、その瞬間にワッと大声で泣き出した。

「先生の馬鹿！　嫌い！　架月も馬鹿！」

甲高い泣き声が耳の奥で鳴り響き、頭が真っ白になる。

——怒られた。

強い拒絶感が津波のように襲いかかってきて、息が出来なくなる。雪崩のように大きなショックに頭を殴られて、気付けば架月は廊下に逃げ出していた。

怒られた。何か失敗をした。大好きな先輩に馬鹿と言われた。もう取り返しがつかない。絶対に許してもらえない。無理だ。全部が無理。

こういうときの架月は「失敗した」ということで容量の全てを埋めてしまって、逃げるために泣くことしかできなくなる。

明星高等支援学校でも、こんなふうに泣いている生徒は自分の他にいない。

この学校でも、架月はきっと「出来ない子」として目立っている。怒鳴りつけられたショックだけではなく、情けなさでも涙が出る。

行くあてもなく廊下を逃げていたら、学習棟の廊下で捕まった。

「あらら、架月くんだ。どうしたの？」

ホールから出てきたのは、接客班の担当である結城だった。

見つかってしまってまずいと焦っているはずなのに、それと同じくらい見つけてもらえたことに安堵する。

結城の後ろから接客班のエプロンをつけた優花と莉音も出てきて、目にいっぱいの涙を浮かべている架月を見て慌てて駆け寄ってきた。

「どうしたの、架月！　誰にいじめられたの？」

莉音が険しい顔で問いただすが、説明できるわけがない。もどかしそうに架月の顔を覗き込む莉音の隣で、優花がにこやかに両腕を広げた。

「おいでー、架月くん。よしよししてあげよう」

おいでと言われたので素直にその腕にしがみつこうとしたら、結城が慌ててその間に割って入ってハグを阻止する。

「だ、ダメ。優花にはダメよ」

またしても否定の言葉を吐かれて、さっきの怒鳴り声が脳内で蘇る。

連続で怒られて、その瞬間に心が折れた。架月はそのまま廊下に座り込み、ちゃんとした高校生になりたいという願いすらも手放して泣き出した。

＊＊＊

「――はい、本当にご心配をおかけしてしまってすみません。引き続き注意して様子を見ていきたいと思いますので、よろしくお願いします」

受話器を置いて、木瀬は大きな嘆息を漏らす。

放課後になってすぐ、架月の母親に今日の一部始終を連絡した。由芽の家には三学年の担任である藤原が連絡を入れてくれて、今回の一件はお互いへの説諭で済ませたと説明している。

「ご苦労さん。架月のお母さん、どうだった？」

佐伯に声を掛けられて、木瀬は肩をすくめながら苦笑を返す。

「反応に困ってました。怒られて泣いたことについては『いつものことです、気にせず厳しくしてください』って言ってくれたけど、女子の先輩とキスだのハグだのしようとしたことについては心配かけたかも」

「年上キラーだな、架月。面倒見のいいお姉さんたちのお世話したい欲を刺激するのか？」

そう言いながら、佐伯は鍵付きのキャビネットから封筒に入った入学資料を取り出した。一年生の生徒たちの引き継ぎ資料がまとまっているファイルを引き出し、五十音順の一ページ目を開く。

「やっぱり出てきたか、女性問題。中学の引き継ぎ資料に書かれていた注意事項と全く同じことをしおって」

生徒名：青崎架月
受験番号：1
入試結果：学力試験　三科目合計三百点、一位／五十六人
　面接　B判定
　実技試験　四十位／五十六人（備考：試験官からの指示を聞き逃し、周囲の生徒の様子を見て真似をしている素振りが見られた）
備考：通常学級に在籍中。療育手帳の申請をしたが取得できず、三月に精神障害者保健福祉手帳を取得予定。

【中学校からの入学願書より】
A判定項目：【礼儀】
B判定項目：【協調性】【整理整頓】
C判定項目：【体力・根気】【集団行動】【道徳心】【情緒の安定】【明朗性】

・他人に流される。他人から「やれ」と言われたことをそのまま実行し、トラブルに巻き込まれることがある。
・善悪の判断がつかない。言っていいこととダメなこと、やっていいこととダメなことが理解できず、その都度大人から指導されて「怒られたから謝る」というパターンになる。
・他人との適切な距離感が摑めず、依存するか孤立する。他人に懐きやすいが、そのせいで能力

が高い子たちに従わされて良いように使われてしまう傾向がある。
・女子への興味や警戒心がなく、子供同士のような接し方をする。
・中学一年生のとき、上級生の女子から「抱きついていいよ」「手を繋ごう」と言われて、そのまま従って抱きついたり手を繋いだりしていた。二年生になるまで周囲は誰も気付かなかったが、数年ぶりに会った親戚のお姉さんと手を繋ごうとしたのを母親が目撃して、本人に問いただして判明。異性との接し方について指導をしたが、本人の理解が及ばず改善はされなかった。
・大声を出されること、叱られること、怒鳴られることが苦手。泣いてその場から逃げる。

「本当だ、今日と全く同じことしてる。『好き?』って聞かれたから、何も考えずに鸚鵡《おうむ》返しで『好き』って答えて女子をその気にさせてキスさせて、『おいで』って誘われたから抱きつきにいったのか。将来騙されるぞ、あいつ」

木瀬が引き継ぎ資料を熟読しながら唸っていると、クスクスと笑う声がした。

「すごいこと書かれてるなぁ、架月くん」

笑い声の主は、いつの間にか正面の席に座っていた結城だった。

呑気な反応だ。自分だって目の前で架月が優花に抱きつきにいったのを目の当たりにしたのに、今は喉元を過ぎたと言わんばかりに柔和に目を細めている。

「鸚鵡返しに『好き』って答えてその気にさせたわけじゃなくて、架月くんはしっかり自分で考えて『好き』って言ったんでしょう? 善悪の判断はついていないかもしれないけど、好きと嫌いの判断はついてたと思うよ」

「好き嫌いの判断だけじゃダメなんですよ。将来同じことやったら捕まりますよ。警察に『相手にいいよって言われたからやりました』なんて言っても、理解してもらえるわけがないじゃないですか」

「そうだねぇ、だから木瀬先生がガツンと一喝してくれたのはよかったかもね。びっくりしすぎて号泣してたけど」

「いや、ちょっとあれは反省です。架月には由芽にキスされたことと自分たちが怒られたことを結びつけることが難しいんじゃないかな。俺が急に怒鳴ってきたみたいになってたと思います」

「まぁ、でも何も感じないわけじゃないでしょうし」

でもさぁ、と結城は微笑をたたえながら言葉を切る。

「架月くんも由芽ちゃんも今が一番楽しい十代なんだから、恋愛くらいする方が健全だと思うけどなぁー。優しい女子の先輩を好きになるのも、自分に懐いてくれる可愛い後輩の男子を好きになるのも高校生なら普通のことじゃない？　そこは制御できないよ、私たち」

「あの二人に限って、そんなことあります？　幼稚園児が『将来結婚しようね』って言い合っているようなもんでしょ、あれ」

「幼稚園児じゃなくて、十八歳と十六歳の男女だよ」

きっぱりと結城が言い切る。温かな瞳に鋭い眼光が垣間見えて、思わず木瀬は押し黙ってしまった。

「恋をするのが悪いんじゃなくて、パーソナルスペースも弁えない接触をしたり男女の関わり方を理解してないのが問題なんだよ。それこそ相手が由芽ちゃんだからほっぺにキスくらいで済んでるけど、これがもっと大人びた子だったら『エッチしよう』って誘われちゃってたかもしれないしね」

「え……」

「そういう最悪の一線を越えさせないために、二人が学校にいるうちは私たちがしっかり指導しなくちゃいけないんだけど……私は正直、由芽ちゃんと架月くんの関係は現時点では悪いものとは思えないから、できれば良いように伸ばしてあげたいところだな。架月くんのことだから、先生が『由芽先輩を好きって言うのはやめなさい』って言ったら『はい』って従いそうだけど、せっかく頼れる先輩ができたのにそれだとちょっと寂しいよね」

「難しいこと言いますね、結城先生」

「難しいよねー。だってあの優花ですら、未だに男子に対して普通にハグできちゃうんだもんね」


高校生同士の恋愛を微笑ましいと応援する他人もいれば、我が子が犯罪に巻き込まれたらどうしようと危惧する親もいる。


良い関係を築けばいいと言うのは簡単だし、本当にその通りなのだが、架月や由芽のような子に「良い関係」という曖昧な現象を理解させるのは本当に難しい。

「まあ私が個人的に気になるのは、架月くんがあまりにも由芽ちゃんの言いなりになっちゃってることかな。由芽ちゃんのオモチャみたいに振り回されるだけじゃなくて、好きって言うくらいならここらで一発ビシッと決めるところが見たいんだけど」


結城が呑気なことを言うのを聞きながら、木瀬は溜息を無理やり誤魔化すような苦笑を返した。

＊＊＊

由芽にキスされた翌日、架月は朝から謝罪行脚《あんぎゃ》をしていた。

何かやらかしたときの架月は、冷静になった次の瞬間から「謝らないと」という強迫観念に囚われて再び落ち着かなくなる。自分で撒いた種の回収はとても大変であると分かっているのに、なぜかいつもそれを思い出すのは一暴れしてからだ。

「昨日はごめんなさい」

教室で漫画を読んでいた莉音に開口一番にそう言ったら、莉音はぽかーんとしてから「な、何が？」と眉を寄せた。

いいよと言ってもらえなかったことに心が折れていると、立ち尽くしたまま俯《うつむ》いた架月に対して莉音がぽんっと手を打った。

「あっ、莉音の優花先輩を取っちゃおうとしたこと？」

ちょっと違うけど、それが違うということをうまく言葉で説明できる自信がなくてコクコクと頷いてしまった。

——というか、「莉音の優花先輩」とは何だ？

「別に気にしてないよー、莉音は優しいもん」

本当にその通りだと思って、今度はちゃんと心の底からの同意を示すために頷いた。

次は由芽か優花に謝りに行こう。脳内の「謝る人リスト」を思い返しながら教室を出て、階段を上がった先の三階にある二、三年生の教室エリアへと向かう。

階段を上がりきると、そこに利久が立っていた。階段を上がってくる人たちを待ち構えているような位置取りをしている利久に「おはようございます、利久先輩」と挨拶をすると、利久がじっと架月を見つめたままおもむろに口を開く。

「物をなくしてはいけません。物の管理はしっかりしましょう」

——あれ？　いつもの話題は？

いつも欠かさず投げられていたはずの質問が来ないことに動揺していると、階段をトントンと軽快に駆け上がる音が迫ってくる。

「あれ？　架月くんがいる、おはよー」

朝の太陽よりも明るい挨拶をしてきたのは、探していた張本人である新田優花だった。彼女は架月の姿を見つけるや否や、運動部のトレーニングのような速さで一気に階段を上がってきた。ポニーテールの先端がサラサラと揺れて、甘いヘアオイルの香りが花咲くように周囲に漂う。

「珍しいね、ここにいるの」

「昨日はごめんなさい」

「へ？　何が？　私、何も悪いことされてないよ？」

あっけらかんと言い放ち、優花はしょんぼりした架月の頭を「あはは、架月くん変なの。よしよししてあげよう」と撫でてから利久へと向き直った。

「利久先輩もおはようございます」

「物をなくしてはいけません。物の管理はしっかりしましょう」

「え、何ですかそれ。いつもと違うじゃないですか」

どうやら優花も、いつもの定番の話題を振ってもらえなかったらしい。

「優花先輩も通学手段の質問をされるんですか？」

「へえ、架月くんはそれなんだ。私は『ファミレスの名前は何？』なんだけど」

「ファミレスの名前は何？」

利久がスイッチが入ったように優花に質問する。彼女は晴れやかな笑顔になって、まるで友達と雑談でもするようにぺらぺらと答えた。

「サイゼリヤ、ガスト、ココス、デニーズ、あとはえーっと、なんだっけ」

「ロイヤルホスト、ジョイフル、バーミヤン、さわやか、やよい軒？」

「あ、そうそう。それも」

「静岡県にあるのは？」

「さわやかですー」

架月は少々、呆気にとられながらそのやりとりを聞いていた。

「ファミレスでは騒がない。物をなくしてはいけません」

「だから、さっきから何ですかそれ。利久先輩がなくし物するわけないでしょ、オフィスアシスタント班の備品を全部管理できてるくらいなんだから」

「物の管理はちゃんとします、なくしません」

「だからぁー」

利久と優花が一向に進まない会話を始めてしまったので、架月もその場から離れるタイミングを逸してしまった。そのまま朝学習が始まる時間になってしまい、肝心の由芽に謝りに行くことができなくなる。

——仕方ない、作業学習のときに謝ろう。

水曜日の今日は一時間目から四時間目までぶっ続けで作業学習だから、タイミングはいくらでもある。落ち込みそうになる自分をそうやって説得しながら、架月はすごすごと一年生の教室へと戻っていった。

その日は、久しぶりに作業学習に遅刻してしまった。

タイムタイマーを使うようになってから遅刻は減ったものの、たまに時間配分を間違えてタイマーをかけてしまうことがある。前の授業が長引いたり、移動教室のせいで休憩時間が減ったりというイレギュラーなことがあっても、架月はタイマーを必ず佐伯に指示された七分間でセットして、タイマーの時間通りに動いてしまうのである。

今日の失敗は、ホームルームが終わってから職員室に行って結城への謝罪の時間を設けてしまったことだった。穏やかな結城に「いいから早く着替えておいで」と笑いながら、しかしきっぱりと言われて、急いで教室に戻ってそこから七分のタイマーをセットしてしまったのが悪かった。

着替え終わった架月が用具室に到着すると、すでにそこは無人だった。他のメンバーはとっくに校舎内に繰り出して作業を始めているのだろう。

——どうしよう、ここまで出遅れるのは久しぶりだ。

途方に暮れながら、架月はたった一人でいつもの作業ルーティーンを進める。状況に合わせてルーティーンのうちの何かを省略するということは絶対にできない。作業ファイルに挟んである日誌に今日の日付と目標を記入して、自分の掃除道具を取りに作業学習用ロッカーへと向かうと、なんとそこに清掃班のメンバーが勢揃いしていた。

「遅いぞ、架月」

木瀬に淡々と言われて、ごめんなさいと謝る前にふと違和感を抱いた。

いつもなら架月に「遅い！」と注意を飛ばすのは由芽の役割のはずだ。こんな大遅刻をしてきた架月のことを由芽が見逃すわけがない。そう思って視線をウロウロと彷徨《さまよ》わせ、その場に由芽の姿がないことに気が付く。

「……由芽先輩もいません」

「他の人は関係ない。まず自分が遅刻しないように頑張りなさい」

あ、まずい。違うふうに伝わっている。

架月は慌てて説明をする。

「関係ないのは分かるんですけど今はそういう話ではなくて、単純に由芽先輩がいないことが気になって指摘したんです」

「先生は説明がほしいのではなく、まず遅刻した件について謝ってほしいんだよな」

なるほど、そういうことか。

架月がようやく納得して「すみませんでした」と頭を下げると、木瀬はすぐさま仕事を振ってくる。ロッカーの荷物を片付けるようにと指示されて、だとしたら尚更ペアの由芽がいてほしくてオロオロと視線を彷徨わせてしまう。

そこでようやく、木瀬はほしかった答えをくれた。

「由芽は今、三年生の教室にいるよ。今の時間は作業には参加してこないと思うから、分からないことがあったら織田《おだ》に聞いてくれ。織田、それでいいよな？」

「もちろんです」

三年生の織田先輩が軽やかに片手を上げる。由芽が作業をうまく教えられなくて架月の作業も一緒に止まっていると、いつも代わりに指導役を買って出てくれる先輩だった。

織田のペアに合流しながら、架月はよろしくお願いしますを言う前に焦って尋ねてしまう。

「由芽先輩はどうしたんですか？　なんで今日は予定にないロッカー掃除をしてるんですか？」

「……えっとね」

織田は架月の耳元に唇を寄せ、絶対に誰にも聞こえないであろう小声で囁いた。

「由芽ちゃん今、三年生の教室に立て籠もり中だから」

「へ？」

「さっきの休み時間、このロッカーにあるみんなの荷物がぐちゃぐちゃにされてることに気付いてさ。誰かが『由芽先輩がやったんじゃない？』って言ったら、由芽ちゃんが怒って教室に逃げちゃったんだよ。予定にないロッカー掃除をしているのは、由芽ちゃんの悪戯の後片付けをしてるってわけ」

「えっと……」

「上から二段目までのロッカーにあった荷物が、一つずつ隣にずらされてたんだよ。だから俺たちで元のロッカーにみんなの荷物を戻してたんだけど、架月もやってくれる？」

「僕、誰の荷物か分からないです」

「いいんだよ。ロッカーの中身が全部右隣にそっくりそのまま動かされてたから、全部戻すだけでいいの。自分のロッカーから片付けるか」

織田に背中を押されて、架月はほとんど棒になった足を無理やり動かして自分のロッカーの前に立った。

そこに入っていたのは、右隣のロッカーを使っていた先輩の荷物だった。名前が書いてある全学年同じデザインの学習ファイルと、食品加工班のメンバーが持っている焼き菓子レシピと、美術の授業で作成したハーバリウムのボトルが入っていた。

他人の荷物を慎重に持ち上げて、隣のロッカーに一つずつ移していく。手作りハーバリウムのボトルはうっかり手を滑らせて落としてしまいそうで、特に気を付けて両手で運ぶ。

本当にこれを由芽がやったのだろうか。落としたら簡単に壊れてしまいそうな大事な宝物まで触って、勝手に移動させたのだろうか。

そもそもこの悪戯にみんなが気付いたとき、どうして由芽に疑いがかかったのだろう。

呆然としながら荷物の移動をしていた架月は、ふと自分の荷物が置いてある隣のロッカーに目を向けて強烈な違和感を抱いた。

「……僕の時計がずれてる」

「ん？」

架月が両手で掬《すく》い上げるように持ち上げたのは、卒業制作のアナログ時計だった。織田もつられたように文字盤を覗き込んで、怪訝《けげん》そうに首を傾げる。

「そうか？　ずれてないじゃん、廊下にある時計と同じだよ」

「廊下にある時計は今、九時二十分です。僕の時計は四時四十五分を差しています。実際の時間と比べて、えっと」

そこで一旦、言葉が止まる。

架月がアナログ時計の文字盤を見つめて考え込んでいる間、織田はずっと微笑を浮かべたまま待っていてくれた。

「七時間二十五分ずれています」

おお、と織田が笑顔になる。

「架月はすごいな、時計読むの早い」

優しい言葉をかけられて冷たく強ばっていた心臓がほんのりと緩んだが、授業に遅刻するような奴がそんなことで褒められていいのだろうかと不安にもなってしまう。

「架月の時計、どうしたんだろう。壊れちゃったのかな」

「秒針は動いていますので、故障や電池切れではないはずです。これ、時間を合わせるネジが後ろで剝き出しになってるから、たまに衝撃を加えると時間がずれちゃうんです」

「そっか、壊れてないならよかった」

「はい、ご心配いただきありがとうございます」

時計の裏にあるネジを回して、架月は七時間二十五分だけ時間を戻してアナログ時計と廊下の時計の時刻を合わせた。


午前中の作業学習が終わると、そのまま給食の時間になる。

明星高等支援学校では全校生徒が食堂に集まって配膳を行い、学年ごとのテーブルで食事をするのだ。小中学校のときのような給食センターから運ばれてくる給食ではなく、学校の調理室で調理員さんたちが作ってくれる給食なのでちょっとびっくりするくらい美味しい。

今日のメニューは豚肉の生姜焼きと青野菜のサラダ、ナスと油揚げの味噌汁、グレープフルーツだ。架月も一年生テーブルの配膳を手伝っていると、ちょうど三年生のテーブルに由芽がいるのを見つけた。

まさか配膳中に駆け寄るわけにもいかないが、今日は一度も会えていなかったのでちょっとホッとする。でも、彼女の背中を見つけてしまったことにチクリと棘が刺さったように胸が痛んだ。

いつもなら架月が由芽を見つけるよりもずっと早く、由芽が架月を見つけてくれるはずなのだ。

「架月！」と呼びかけられて、そこで初めて架月は由芽に気が付く。

常に自分を見つけてくれる誰かがいるということが、かなり幸せなことであったと今更知った。由芽にはいつも怒られていた。

そのくらい、いつも架月のことを見てくれていた。

だとしたら由芽が声を掛けてくれていた分、自分も由芽のことをたくさん見ていたはずだ。自分が感じた「本当に由芽がやったのか？」という疑問は、本当に捨て置いてもいいのだろうか。

「……っ」

架月は意を決して、自分の隣で箸の配膳をしていた莉音に声を掛けた。

「莉音さん、相談に乗って」

きっと莉音なら断らないはずだと思ったのだが、果たして架月の予想は当たっていた。

「いいけどぉ？」

莉音は一切迷わず、詳細を聞くよりも先に頷いてくれた。

昼休みになり、架月は莉音を引き留めて片付けが終わった食堂に残っていた。本当は莉音にだけ相談するつもりだったのだが、莉音が「あっ、優花せんぱーい。一緒に架月のお話聞こうよ、相談があるんだって」と勝手に大好きな先輩を呼び止めてしまったので、今は三人である。

本当は深谷にも聞いてほしかったのだが、食事中に莉音にしたのと同じように誘ってみたら「ごめん、昼休みはフットベースボール部の練習があって」と断られてしまった。残念だったけれど、優花が来てくれたのは心強い。

「相談って何？　恋バナ？」

優花がサラリと碌《ろく》でもないことを言う。莉音の「架月にはないよ！」という即答と、架月の

「違います」という返事が重なった。

「なーんだ、つまんない。じゃあ何なの？　相談って」

「接客班の二人は、今日の作業学習が始まる前に作業学習用ロッカーに寄りましたよね」

「うん、寄ったよ！」

莉音が横から身を乗り出して頷く。

「莉音たち接客班はロッカーにカフェエプロン、接客マニュアルの冊子を置いてるから。ねー、優花先輩」

「うん、毎回使うからね」

「じゃあ今日ロッカーがぐちゃぐちゃにされていたときの状況も知ってたんですよね？　僕は今日の作業に遅刻をしてしまったから、そのときの状況をよく知らないんです。もしよろしければ、僕に詳細を教えていただけないでしょうか？」

「いいよ、全然教えたげる。いっぱい協力してあげよ、莉音ちゃん」

「はいっ！」

大本命の先輩にたった一声促されただけで、莉音は「何でも聞いてっ」と全面協力の姿勢になってくれた。莉音は優花のことをアイドルだのなんだのと言っているが、この様子はどちらかというと舎弟にされているようにも見える。なんにせよ、元々全面協力の姿勢ではあったものの、莉音のモチベーションが上がったのなら幸いだ。

「えっと、じゃあ……最初にロッカーの異変に気付いたのは誰だったんでしょうか？」

「誰だったっけなぁ。優花先輩、覚えてます？」

「えー、覚えてない。なんかみんながロッカーの前に集まってざわざわしてたから、誰が最初とかは全然分かんないや」

聞き込みの一歩目でいきなり躓《つまず》いた。

でも確かに、架月だってその場にいたとしても同じ質問をされたら困る。きっと架月であれば周囲の喧噪にオロオロしてしまって、その場にいた人なんて誰一人として覚えていなかっただろう。

「えっと……二人がロッカーの前に到着したのは、何時何分でしたか？」

「いちいち時計を読みながら歩いてるわけないじゃーん！　覚えてないよ！」

二歩目でも躓いた。ゲームやアニメのように聞き込みが首尾よく進むとは限らないらしい。

架月はめげそうになって「うー……」と呻きながら、頑張って次の質問を考える。そんな架月に対して、聞き込みをされている側であるはずの優花が助け船を出すように口を出してきた。

「ねえ、架月くん。私ちょっと思ったんだけど、最初にロッカーがぐちゃぐちゃになってることに気付いたのって利久先輩だったんじゃないかな？」

「え？　何でですか、その根拠は？」

「根拠っていうか……朝の利久先輩、なんか変なこと言ってたじゃん。『物をなくしてはいけません』とか『物の管理はしっかりしましょう』とか。それって、みんなのロッカーの荷物がずれてたことを伝えようとしてくれてたんじゃないの？」

その話題を知らなくて目を白黒させていた莉音が、「え、でもさぁ」と横槍を入れてきた。

「どうして利久先輩、朝に作業学習用ロッカーに行ったんだろ？　あのロッカーってうちらの教室からそれなりに離れたところにあるし、用がないと行かないよ」

「利久先輩は寮生だから、奉仕活動の常連なんだよ。もしかして利久先輩、奉仕活動で作業学習用ロッカーの近くを担当してたんじゃないかな？」

「だとしたら利久先輩以外の人が気付きそうじゃないですか？」

架月のツッコミに対して、流暢に推理を語っていた優花はぱちくりと目を瞬《また》かせる。

「え？　気付かなくない？」

「……そ、そうですか？」

「そうだよ。私だったらロッカーから直接物を取ろうとしたときじゃないと、ロッカーの中身なんてまじまじと見ない。でも利久先輩は、オフィスアシスタント班の備品棚からボールペンが一本なくなっただけで何時間もずーっと作業室中を探してる人だよ。きっと利久先輩は誰よりも早く気付いて、みんなに教えてあげようとしてたんじゃないかな」

「えー、誰にも伝わってないのに？」

莉音がサラリとそんなことを言う。優花は特にそこは反論せず、「まぁ利久先輩ってそういう人だし」とひょいと肩をすくめた。

半信半疑の莉音の隣で、架月は身を乗り出した。

「それ、はっきりさせたいですね」

「本人に聞けばいいじゃん。利久先輩、たぶん教室で小説書いてるよ？」

優花の鶴の一声で、ぞろぞろと三人組は三年生の教室へと移動した。やはり今回も調査をしているのは架月のはずなのに、なぜか架月は誰かの後ろをずっとくっついて歩く形になっている。

優花が「お邪魔しまーす」とにこやかに三年生の教室に入ると、クラスにいた男子の先輩達から熱い大歓迎を受けた。莉音がキッと眦《まなじり》を吊り上げて「あげないっ」と地団駄《じだんだ》を踏みそうな勢いで怒っている。

「あげないってなに？　優花先輩は物じゃないよ」

「そうじゃなくって、莉音が優花先輩と一番仲良しでいたいの」

そういえば莉音は、今朝も架月が謝罪した理由について「優花先輩を取っちゃおうとしたこと？」と見当違いの考察をしていた。そのぐらい切実なのだろう。

上級生たちからの熱視線と後輩からの嫉妬を浴びながら、優花は悠然と教室を横切って窓際の席でプリントの裏紙に小説を写経していた利久のもとへと辿り着く。利久は眼前に優花や架月、莉音が来ても全く顔を上げなかったが、優花に肩を突《つ》かれた架月が「利久先輩、今お話よろしいですか？」と尋ねると「いいよ」と即答してくれた。

「今朝、作業学習用ロッカーの荷物がごちゃごちゃになっていることに気付いていたんですか？」

「気付いていた」

「それとも、これは僕たちの誤解ですか？」

「誤解」

肯定も否定もされてしまった。

どうしたものかと迷い、ふと架月は先ほどの優花の言葉を思い出す。ボールペンが一本なくなっただけで気が付く人だとしたら、もしかして。

「……えっと、今日の朝、ハーバリウムのボトルは誰のロッカーにありましたか？」

いや、さすがに無理かな。

そう思ってすぐに撤回しようとしたが、架月が再び口を開くよりも早く利久がすっと視線を上げる。

利久に真正面から見据えられることは珍しい。その怜悧《れいり》な瞳に臆していると、おもむろに利久が架月の胸元についているプラスチックの名札を読み上げた。

「青崎架月」

「へ？」

「君のロッカー」

淡々と答えて、利久はノートへと視線を戻す。すぐさまサラサラとシャーペンが紙を走る涼しい音が再開した。

架月はごくりと生唾を飲んだ。この人、ものすごく信用できる証人だ。

「利久先輩がハーバリウムに気付いたのって、いつですか？」

「朝の奉仕活動が始まります。奉仕活動は八時十五分までに終わらせて、朝学習に移りましょう」

「へ？」

唐突な台詞《せりふ》にぽかーんとしていると、優花がちょいちょいっと横から架月の肩を突く。

「多分ねぇ、利久先輩は『朝の奉仕活動が始まってから気付いた』って言おうとして、聞いたことがある別の台詞と混ざっちゃってるんだと思うよ」

「なるほど、ありがとうございます！」

架月は深々と頭を下げてお礼を言った。

三人でぞろぞろと作戦会議室もとい食堂に戻ってから、架月はようやくもらえた情報を事実と照らし合わせる。

「つまり事件は朝から起こっていたということですね。利久先輩が奉仕活動をしているときに気が付いたけれど、異変はそのときは誰にも伝わらなかった。そして作業学習の時間になって、ロッカーの異変にみんなが気付いた。ホームルームが終わってから一時間目が始まるまでの十分間休憩だから、えっと、八時四十分から八時五十分までの時間にみんながロッカーの前に集まっていた」

「そこからは私と莉音ちゃんが説明できるかな」

優花がやんわりと口を挟んだ。

「私と莉音ちゃんがロッカー前に来たときには、もう他の班の子たちが集まって『何これ、誰がやったの？』って騒ぎになってたの。そこに由芽ちゃん先輩もいたんだけど、誰かが『由芽先輩がやったんじゃない？』って言って、由芽ちゃん先輩が教室に逃げ戻っちゃったんだよね。そのあとは先生達が来て早く作業に行けーって言ってきたから、私たちも自分の使う荷物だけ回収してバラバラになったの」

「じゃあ由芽先輩がやったって判明したわけじゃないんですね？」

「うーん、まあそうなんだけど……でも由芽ちゃん先輩って、やってるからなぁ」

誰にでも親切な優花らしからぬ冷淡な物言いに、ぎょっと身を竦《すく》ませてしまう。

たしかに由芽はやっている。架月だって、何度も自分のロッカーに荷物を交ぜられた。

誰かが由芽に疑いをかけたとしても、それはある意味では不自然ではない。

でも――

「誰が最初に由芽先輩だって言ったんだろう」

「それはね」

莉音が口を開きかけたとき、優花が素早く横槍を入れた。

「それは分かんないし、それって別に問題じゃなくない？」

「へ？」

「うん？」

架月と莉音が同時に首を傾げる。

莉音は困惑しながらも、不満そうに唇を尖らせている。大好きな優花に対してだから表立って文句は言わないものの、きっとこれが他の人間だったら「莉音がお喋りしてるのに勝手に入ってこないで！」と面と向かって怒っていたところだろう。

不服そうな舎弟のことを無視して、優花はぺらぺらと言葉を続けた。

「由芽ちゃん先輩が疑われるのは当然なんだよ、怪しいんだもん。だから疑った人を探すんじゃなくて、架月くんはロッカーの荷物をぐちゃぐちゃにした犯人を探さないといけないんだよ」

「はわー……」

優花はくるりと振り返り、頭上にはてなマークを飛ばしている莉音にキッと鋭い視線を投げる。その眼差しを真っ向から受け止めた莉音はしばし固まり、やがて「……あっ」と口元を覆った。なに、その反応。

架月は置いてけぼりのままきょとんとしていたけれど、それでも女子二人は気にせずに続ける。

「そうかぁ……まぁロッカーをぐちゃぐちゃにした人が見つかったら、由芽先輩の疑いも晴れるしねぇ」

「そうそう、由芽ちゃん先輩に機嫌を直してもらうことが一番だから」

口早な会話についていけなくなった架月は、二人の話し合いが落ち着くまでぼんやりと宙を見遣りながら思案に沈んでいた。

「で、架月くん的にはどうなの？」

ようやく会話のターンが自分に回ってきた。

優花の声音や眼差しからは、すでにさっきの冷たさは消え失せていた。長い睫毛《まつげ》に縁取られた大きな瞳に悪戯っぽい光を浮かべながら、誰もが夢中になるのも納得なほど引力が強い上目遣いで架月を見上げる。

架月はゆっくりと時間を使って考え込んでから、おずおずと口を開いた。

「僕は真犯人を見つけるのではなく、由芽先輩の疑いを晴らしたいと思っています」

「おっ、いいぞイケメン」

その揶揄《からかい》は分からない。どういうことだろうと眉根を寄せたら、莉音がぶすっと唇を尖らせて「うちの架月に変なこと吹き込まないでくださいよー」と苦言を呈した。


翌朝、架月は学校に到着するや否や由芽の姿を探した。

由芽はいつも奉仕活動に参加しているので、朝一で彼女と会うには校舎のあちこちを探し回らなければならない。

校舎中を当てもなく動き回った末に、架月は体育館へと繋がる渡り廊下で由芽と出会った。彼女は渡り廊下の掃き掃除担当だったようで、数人の三年生女子たちと一緒に箒《ほうき》を動かしている。

架月が渡り廊下に入っていくと、由芽はパッと顔を上げて破顔した。

「架月、おはようっ」

「おはようございます」

いつも通り、笑顔で挨拶をしてくれたことにホッとする。昨日は結局、彼女と言葉を交わすこともできなかったから。

「一緒に掃除する？　いいよぉ」

「そうじゃないです」

「そうじゃないって言っちゃダメでしょ」

「は、はい」

これぞ由芽との会話という感じだ。一日空いただけなのに懐かしくて嬉しい。

しかし普段通りにご機嫌だった由芽の表情は、次の瞬間に一変した。

「昨日ロッカーをぐちゃぐちゃにしたのは、由芽先輩だったんですか？」

由芽の表情がサッと凍り付く。

そのまま彼女は手にしていた箒を床に落とし、俯いてフリーズしてしまった。

「由芽先輩？」

「架月は私が嫌いなの！」

きっぱりと吐き捨てられて、架月は「えっ？」と動揺した。

「な、何でですか。そんなことないです」

床に落ちた箒を拾い上げてやっても、全く受け取らずにその場で地団駄を踏まれてしまう。由芽の顔を覗き込むと泣き出す寸前のように歪んでいて、架月の背中にも冷たい汗が滲《にじ》んだ。

——ただ由芽の口から本当のことを聞きたかっただけなのに。

呆然としていると、由芽がくぅっと喉の奥から高い呻き声を上げた。

「ごめんなさいしたから終わりなのっ」

「ご、ごめんなさいしたんですか？　誰に？」

「先生に！」

「由芽先輩がやったんですか？」

「違う、でもごめんなさいしたから終わり！」

その物言いには覚えがある。責められたとき心当たりがないのに反射的に謝ってしまうのは、架月もよくやりがちなことだ。一刻も早く謝って、相手から許してもらいたい。この状況を終わりにしたい。だからこそ、その謝罪の意味の無さを見抜ける相手のことをますます怒らせる。かつて架月が莉音に「許してほしいから謝っている」と言って、本来は心が広いはずの彼女を激怒させたように。

架月がいくら粘っても、それ以上由芽は答えてくれなかった。

朝学習の時間を告げるチャイムが鳴ったので、結局は時間切れになってしまった。由芽が泣きべそでフリーズしてしまったので、聞き込みというよりは尋問のようになってしまったと思う。

由芽の疑いを晴らしたいのに、当の由芽が終わりにしたがっている。

だとしたら、自分が首を突っ込もうとするのは正しいのか？

「由芽先輩は僕のロッカーに荷物を交ぜたことはあったけど、他の人の荷物まで触ってはいないと思うんです」

チャイムの音が鳴っているのは分かっているのに、架月の両脚は渡り廊下に縫い付けられたまま動かなかった。もしこれで朝学習に遅刻したら大いにまずい。架月がいつもやらかすうっかりの遅刻ではなく、わざと遅刻したということになる。

しかし架月は、涙目でじっとこちらを睨み上げている由芽の眼前から動かなかった。

「由芽先輩の荷物が自分のロッカーにあっても、僕は先生たちにはもう言ってなかったんです。

僕は由芽先輩が意地悪で僕のロッカーに荷物を置いているとは思えなかったからです」

「……意地悪しないもん」

「知ってます」

由芽が絶対に架月に意地悪をしないことなんて、言われなくても分かっている。

「僕はてっきり、由芽先輩は僕のことが好きだから僕のロッカーに荷物を交ぜたんだと思ってたんです。まあ実際のところは、深谷のロッカーにも荷物が交ざってたっぽいけど」

「純くん？」

「そうですよ。深谷のロッカーにファイルを入れてたでしょ？」

「違うよ」

おや？

きっぱりと断言されてしまった。とすると、深谷が「自分のものではない」と言ったファイルは由芽の持ち物じゃなかったのか？

困惑していると、由芽は更に畳みかけてきた。

「架月のことだけが好きだから、架月だけだよ」

いつもの調子で軽く放たれた一言が、耳の奥深くまで響いて脳を揺らした。唇を慌てて嚙みしめたのはそうしないと胸からせり上がってきた何かが口から零れてしまいそうだったからだ。

「……ですよね。やっぱり由芽先輩じゃないです、あの犯人は」

由芽の疑いを晴らしたいというのは、もしかして自分にとっては二の次だったのではと気が付いた。

架月が本当に証明したかったのは、由芽が自分に特別な好意を寄せてくれているということだったのかもしれない。

「……っ、あの……今度手紙をくれるときは、直接ください」

聞き込みでも何でもない、事件には関係がない言葉が口を突いて出た。

「そうじゃないと僕、自分にもらったものだって分からないので」

「分からないとダメでしょ」

「その通りです、すみません」

「でも、いいよ」

由芽は微かにはにかんだ。小学生くらいの背丈しかなくて、周囲の同級生たちと比べてもずっと幼く見える彼女の笑顔が、その瞬間だけ大人っぽく見えた。

きっとここでロッカーのことを蒸し返したら、由芽はまた怒ってしまうだろう。だから架月は、「いいよ」の一言だけで満足することにした。

よくみんなが言ってる空気を読むって、もしかしてこういうことなのかな。

そんなことを思いながら、架月は由芽と肩を並べて教室へと戻った。といっても身長差のせいで肩と腰を並べているような感じになっていたけれど、それでもやっぱり架月にとって由芽は頼もしい先輩である。

そして、好きだと言われたら同じ言葉を返したくなる人だった。

部活の時間、架月は自由帳に事件の詳細を纏《まと》めることにした。

美術室の机を巡回していた小寺が、ひょいっと架月のノートを覗き込んで怪訝そうな顔をする。

「珍しい、架月くんが絵じゃなくて文字を書いてる」

気付けば、架月は小寺にノートを差し出していた。別に先生に見せたかったわけではないのだが、いつも小寺にはノートを見せているのでルーティーンとして体が勝手に動いてしまう。

小寺はノートを受け取って、訝《いぶか》しげに眉を寄せた。

「なにこれ、日記？」

「僕が知っている事件の情報を纏めてみたんです」

「事件？」

小寺が露骨に怯んだ。

「事件って何よ、それ」

「みんなのロッカーがぐちゃぐちゃにされていた事件を調べてるんです」

「……………」

「よければ先生のご意見をください。困っています」

「……うん」

事件の詳細を纏めるといっても、今回の調査は全くといっていいほど進んでいない。

当事者である由芽も自分がやっていないことをはっきりと言葉では説明してくれないし、現場に居合わせた証人たちはすっかり詳細を忘れている。唯一信じられる事実といったら、利久が奉仕活動の時間——おおよそ朝八時頃——にはロッカーがぐちゃぐちゃになっているということに気付いていたという点だ。

「ロッカーがぐちゃぐちゃにされていたのは昨日の朝八時ごろです。学校に一番早く到着するのは寄宿舎から通っている寮生組で、七時四十五分には到着しています。利久先輩はその時間帯からすぐに奉仕活動を始めるので、誰かがロッカーをぐちゃぐちゃにしたタイミングは七時四十五分よりも早い時間帯ではないかと思うのですが、どうでしょうか」

「どうでしょうって言われても……えーっと、そうか。今週は利久くんが作業学習用ロッカーがある西廊下の掃除担当だったんだ」

小寺がちらりと架月の隣にいた利久を見遣ると、真剣にプリントに小説を写経していた彼は「はい」と頷いた。顔は全く上げないものの、話はちゃんと聞いてくれているらしい。

「今、寮生よりも早く登校してる通学生はいないよ。寮生が一番早くて、そのあと電車通学組が到着して、最後にバス通学組が到着だから」

「由芽先輩みたいに家族に送迎してもらってるパターンもありますよね？」

「今年、送迎で登下校してるのは五人だけなんだけど、みんな寮生よりも遅い時間に到着してるよ。送迎組の中で一番登校が早いのがそれこそ由芽ちゃんなんだけど、七時四十五分くらいかな」

ということは、ロッカーがぐちゃぐちゃにされたのは今朝よりも前ということになる。

「一昨日にロッカーがぐちゃぐちゃにされたとしたら、犯行が行われたのは放課後ですよね。それより以前に動かされていたとしても、掃除の時間に誰かが気付いたはずですから」

「架月くん、聞いた人がびっくりするから、『犯行』っていう言葉はやめようか」

「……そうですか？」

小寺の忠告にはピンとこなかったが、先生から言われたことに反抗する気もないので首を縦に動かしておく。

小寺はその従順な反応が本心からのものではないと見抜いたように困り顔をしたが、すぐに取りなすように穏やかに笑った。お小言は終わりだろうか。少しだけ警戒しつつも、おずおずと話を戻してみる。

「部活が終わったあと、下校時間になるまでの間に誰かがロッカーの荷物を動かしたんだと思います。だとしたら誰にでも犯……行為は可能でした」

誰にでも可能だという事実は、果たして価値のある情報なのか？

正直なところ、架月は「由芽は犯人ではない」という事実しかほしくないので、今のところ進展はなしと言い切ってもいいくらいの状況だ。

「ねえ、架月くん。約束してね」

小寺は机にしがみつき、訴えるような切々とした口調で囁いた。

「犯行もそうだけど、できれば『犯人』とも言わないで」

「でも前回は、佐伯先生がそう言っていました」

「そうなんだけど、えぇと……佐伯先生が架月くんにそういう調査をお願いしたっていうのは、私も知ってるんだけど……今回と前回は違うんだよ」

違うも何も、全然別の事件じゃないか。

架月がきょとんとしていると、小寺は畳みかけるような速度でヒントをくれた。

「だってほら、前回の紙吹雪は、結局先生がやったことだったでしょ？」

――それが何？

続く言葉を待ってみたけれど、小寺はそれ以上何も言ってはくれなかった。「いつものイラストを描いてほしい」とリクエストされて、架月は戸惑いながら先生の言うことに従うためにシャーペンを取る。

小寺が自由帳のページをめくり、白紙の状態にして架月に渡す。事件の詳細をメモしていたページは裏面へと追いやられて、架月は裏から薄く文字が透けた白い紙に小寺に促されるままシャーペンを突き立てた。

＊＊＊

翌朝、架月は更なる聞き込み調査を進めるべく動いていた。

目撃情報は多い方がいい。優花と莉音からはうまく情報が引き出せなかったけれど、作業学習が始まる前の時間であればロッカーの前にはたくさんの生徒がいたはずだ。架月のように遅刻をしなければ、ではあるが。

だから次に聞き込みをするのは、絶対に遅刻をしない知り合いがいいと思っていた。

「ねえ深谷、ちょっといい？」

深谷はいつものように誰よりも早く朝学習に取り組んでいた。架月がおずおずと声を掛けると、彼はきょとんとして顔を上げた。

「いいけど、どうした」

「僕、今みんなの作業学習用ロッカーがぐちゃぐちゃにされたことを調べてるの。由芽先輩が疑われたままだと可哀想だと思って調査してるんだけど、深谷はそのことについて何か知らない？」

友達が多くて視野が広くて何でも気が付く深谷ならば、何か自分の気付いていないことを見ているのではないか。

そう思って尋ねたら、深谷がサッと青い顔をした。

「……何で俺に聞いたの？」

「え？」

「どうして架月は最初に俺に聞くの」

机に置かれていた深谷の両手がぎゅうっと拳に握られて、その拍子《ひょうし》に朝学習のプリントがぐちゃぐちゃに潰されてしまった。

――まずい、なにか深谷が怒っている。

自分よりも勘が鋭くて何でもよく気が付く深谷が、架月が取りこぼした何かを読み取ってしまっている。

「な、なんで怒るの？　プリントぐしゃっとしちゃダメだよ、せっかく解いたのに――」

挽回したい。正しいことをしたい。

深谷の役に立ちたくて彼の手の中からプリントを救出しようとしたら、架月から隠すように彼の両手がプリントを机の下に入れてしまった。

「……解いてない」

震える声が耳朶《じだ》を打つと同時に、架月は見てしまった。

机の下に隠す寸前に架月の目に入ったプリントは、まるで印刷したてのような空欄のままだったのである。

「で、でも、ぐちゃぐちゃにしちゃダメだよ。だってこれから解くんでしょ、そのプリント」

「……っ！」

机の上で固められていた深谷の拳が、不意に振り上げられた。

「深谷」

呆然としてしまった架月を軽く押しのけて、教卓付近で二人の会話を見守っていた佐伯が穏やかに囁く。

深谷がハッとしたように硬直する。高く持ち上げられた拳が、ゆっくりと彼の顔の位置まで下ろされた。

「架月にそんなつもりはないぞ」

そんなつもりって、どんなつもりだろう。

架月本人が気付いていないことを、なぜか佐伯が保証している。深谷を怒らせた張本人であるはずの架月はただ黙ったままなのに、なぜか傷ついたはずの深谷の方が譲ることを強いられている。

深谷は自分よりも出来る人だから、出来ない人である架月に傷つけられたとしても許さないといけないのだろうか。

そう思うと、なぜか傷つけたはずの架月まで泣きそうになってしまった。

深谷に許してもらわないといけない自分が不甲斐なくて、深谷には色々と助けてもらっているのに恩を仇でしか返せないことが情けない。

「ごめん、深谷」

謝ったら、深谷が険しい眼差しをふっと緩める。

咄嗟《とっさ》に浮かべた苛立ちの表情を誤魔化すように、彼はぎこちない苦笑を浮かべた。

「何に謝ってるのか納得してないだろ、架月は」

「納得できなくても、友達に悪いことをしたらダメなんだよ」

そう言うと、深谷が虚を突かれたように目を見開く。

許してもらえるかなと期待しかけて、そんなこと期待してはいけないだろうと自分を戒める。許してくれるかどうかは関係ない。許してもらえなくても、仲良くしたい友達には謝らなければならない。

深谷から言葉が返ってくるのを固唾を呑んで待っていたら、彼はやがて気圧されるように俯いてしまった。

「……ごめん、架月」

今にも泣き出しそうなか細い声で、深谷は小さく呟いた。

「ロッカーの荷物をぐちゃぐちゃにしたの、由芽先輩じゃないよ」

――それは知ってるけど、どうしていきなりそれを？

唐突な言葉に呆けていると、そんな架月の横で佐伯がぎょっとしたように目を剝いた。佐伯は俯いたまま動かなくなってしまった深谷の傍らに屈み込み、背中を支えるようにして立たせて二人で教室を出て行ってしまった。

机の引き出しに中途半端に押し込まれていたプリントが、ゆらりとバランスを崩して床に落ちる。呆気にとられていた架月はそれを見てようやく呪いが解けたように動けるようになった。ぐちゃぐちゃに握り潰されたプリントを拾い上げ、皺だらけのそれを丁寧に机の上で伸ばした。

深谷の名前だけが書いてある真っ新《さら》なプリントを見て、胸が不穏にざわついた。

――この空欄だらけのプリントのように、自分は何か大事なことを見逃している気がする。

＊＊＊

昼休みの職員室で、佐伯はじっと自席に座って一学年の入学願書を読み込んでいた。

程なくして給食当番への下膳指導を終えた木瀬がやってきて、そんな佐伯の隣の席へと腰を下ろす。

「それ、深谷の引き継ぎ資料ですか？」

木瀬に尋ねられて、佐伯は無言で自分が手にしていた願書を差し出す。

生徒名：深谷純
受験番号：48
入試結果：学力試験　三科目合計六十四点、三十位／五十六人
　　　　　面接　A判定
　　　　　実技試験　一位／五十六人

【中学校からの入学願書より】

A判定項目：なし
B判定項目：【整理整頓】
C判定項目：【明朗性】【体力・根気】【協調性】【礼儀】【集団行動】【道徳心】【情緒の安定】
・気持ちのアップダウンが激しく、相手によって態度を変える。交流学級の生徒から言われたことを引きずり、自分が在籍する支援学級にいる自分よりも能力が低い生徒にきつく当たる。

・思い込みが激しく、常に自分が被害を受けているという考え方をする。交流学級の生徒からの些細《ささい》な言葉の揚げ足を取って、自分がいじめられたと思い込む。
・聴覚の過敏さがあり、全校集会や交流学級での授業の際はイヤーマフを手放さない。運動会や文化祭などの学校行事には参加できず、別室対応となった。
・ストレスがかかった際に物に八つ当たりをして、教室の共有物（カレンダー、ボードゲーム、絵カードなど）を壊したことがあった。また、自他の区別がついているにもかかわらず他の生徒の持ち物を隠して、周囲の友達を不穏にさせることがある。
・気持ちが乱れた際、自傷をする癖がある（髪や眉毛を抜く、腕に爪を立てて抓《つね》るなど）。別室で一時間ほどクールダウンの時間を設けて対応中。
・自分の気持ちを伝えることが苦手で、不安なことや気掛かりなことがあっても本心を言わない。言葉で表現できず教室の椅子を蹴る、校舎から逃げようとするなどといった行動で表現する。
・中学二年生の秋、登校中に通学経路を外れて行方不明になった。二時間ほど学校周辺を捜索し、近隣の自然公園に隠れていたのを発見された。
・勉強への苦手意識が強い。出来ないことを見抜かれるのが嫌で、学習への参加を拒む。

「何度読んでも別人の資料みたいですね」

　木瀬は嘆息を漏らした。

「そもそも中学校からの内申書でA判定が無しって、本来だったらあり得ないですよ。A判定が無くて辛うじて整理整頓でB判定をもらっているような生徒が、うちの入学試験の面接でA判定を取ったり実技試験で一位になったりなんて出来るわけないじゃないですか」

「入学前に書類だけ読んだとき、どんな奴が入ってくるんだって警戒してたもんな」

どこか懐かしむように、佐伯も苦笑を浮かべた。

「ところがいざ入ってきたら、願書とは真逆のような優等生だった。学習には何でも積極的に取り組むし、自分だけじゃなくて周囲の友達にも気を配る余裕があるくらいで」

「そうですよー。ってか、この『イヤーマフを手放さない』って本当なんですか？　深谷がイヤーマフ持ってるところなんて見たことないんですけど」

「そこもなんだけど、俺が気掛かりなのは交流学級の生徒についての記述なんだよ」

「と言いますと？」

佐伯は木瀬の机に身を乗り出して、指先で『思い込みが激しく、常に自分が被害を受けているという考え方をする。交流学級の生徒からの些細な言葉の揚げ足を取って、自分がいじめられたと思い込む』という部分を示した。

「これ、本当に深谷の思い込みだったと思うか？」

サラリと投げられた指摘に、木瀬が小さく息を吞む。

「子供といってもさすがに障害がある子をいじめるのはよくないと理解できるから、利久や由芽のようにパッと見てみんなと違うことが分かる子たちって意外と受け入れてもらえるんだよ。ターゲットになりやすいのって、一見すると他の子と同じようにしか見えなくて、おまけにちゃんと他人からの攻撃に傷つくことができるくらい勘が鋭い子が多いんだよな」

「深谷の思い込みじゃなくて、中学校の先生たちがいじめだと認めなかったっていうことですか？」

「そこまで断言はできないけども。ただ、相手の子が『誤解だ』とか『そんなつもりはなかった』とか言って反省するそぶりを見せれば、先生も深谷には『誤解だったらしいよ』とか『そんなつもりはなかったから許してあげて』としか言いようがないだろ。深谷は言葉で伝えれば理解できる奴だから、大人側も言葉で説得したくなってしまう」

木瀬はもう一度、書類に目を落として一文ずつ読み返す。

見方を変えると、そこにある記述は中学時代の深谷のSOSにも見えてくる。

「……このイヤーマフの記述も、そうなると怪しくなってきますね」

聴覚過敏ではなく、他の生徒たちからの悪口を聞きたくなくて聴覚を遮断していたのではないか。行事に参加できなかったのは、自分に攻撃してくる子たちと一緒にいるのが怖かったからではないか。

「まあ実際、何も分からないけどな。俺たちはまだ一ヶ月とちょっとしか深谷と一緒に過ごしていないから」

書類を鍵付きキャビネットに片付けながら、佐伯は疑心暗鬼になりかけている木瀬に対してそんなことを言う。

「俺たちの前では深谷がうまく取り繕っているだけで、この書類にある記述が全部正しいっていう場合だってある。ここが深谷のターニングポイントだな。あいつは今、優等生のままでいられるか問題児に戻ってしまうかギリギリのラインにいるよ」

「……本当に深谷を口止めしてよかったんですか？　あいつ、自白したんでしょ？」

遠慮がちに、木瀬は切り出した。

「少なくとも架月には本当のことを言った方がいいんじゃないですか？　深谷にとっては自白のつもりだったけど、架月は全然ピンときてないですよ。放っておいたらずっと蒸し返しそうだし、改めてちゃんと説明した方がいいんじゃ？」

「そんなことしたら、深谷は明日から学校に来なくなるぞ。架月よりも深谷の方がよっぽどメンタル弱いんだから」

「でも、架月は納得しないですよ。あいつ今、犯人探ししてるらしいですし」

つい昨日、小寺から聞いた情報である。余計なことをしやがってと架月に対して苦々しい気持ちになってしまったが、元はといえば架月の行動だって「由芽の疑いを晴らしたい」という善意からきているのだ。

「それに、このままなあなあになったら深谷も反省の機会を失っちゃうんじゃ――」

「誰からも責められなくても、反省することはできるさ」

佐伯はのんびりと椅子の背もたれに体重を預けながら、穏やかに笑った。

「もう少しだけ様子を見てみよう。俺の見立てだと、あの二人は悪い関係性には転ばんよ」

「はあ……」

木瀬はいまいち腑に落ちていない表情で、曖昧な相槌を口から零した。

＊＊＊

週明けの月曜日、架月が登校するとまたしても奉仕活動の担当場所が変わっていた。

「架月、おはよ！」

「あ……おはようございます、由芽先輩」

昇降口の掃き掃除をしていた由芽に声を掛けられ、今週からは朝一で由芽と顔を合わせることになるのかと脱力する。

――なんか、いっぱい怒られそうだな。

そう思っていたら、案の定「遅れちゃダメでしょ」と注意をされた。由芽はどうやら奉仕活動の開始時刻を登校時刻だと思っているようで、バス通学組として由芽より遅く到着する架月はいつも遅刻している奴だと勘違いしている節がある。

遅刻してないですと言っても「ダメ」としか言われないので、架月はもはや由芽の注意は自分のことを気に掛けてくれている証拠だと解釈して、ただの雑談として全肯定することにしている。

「はい、遅れません」

「架月にあげる」

おや？　珍しく注意ではないことを言われた。

「何ですか？」

「んふふー」

由芽が箒を下駄箱にたてかけて、制服のポケットから小さく折りたたんだピンクの便箋を差し出した。猫のシールがいっぱい貼ってある。

「またお手紙書いてあげるって言ったから、あげるの」

覚えていてくれたのか。

てっきり口約束で終わると思っていたので、ちゃんと有言実行してくれたのが意外だった。

「ありがとうございます」

「これも」

「へ？」

続けざまに出されたのは、見覚えのあるディズニープリンセスの封筒だった。

「これ、間違ってたよ」

「え……あ、あぁ。すみません、ありがとうございます」

どうやら架月が由芽のロッカーに戻してしまった手紙を見て、由芽は「架月が間違えて自分のロッカーに入れた」と解釈してくれたらしい。

素直に二通の手紙を受け取りながら、架月は唐突に気が付いた。

「……あ」

思わず息を呑む。

――そうか、これが「証拠」だ。

＊＊＊

昼休み、架月はある人物を探していた。

自分が立てた仮説を証明してもらいたい人間はただ一人である。ちょうど彼は一人で日直の日誌を書いていたので、周りにクラスメイトたちもおらず架月にも話しかけやすかった。

「ねえ深谷、今ちょっといい？」

先生に話しかける前には「よろしいですか」と許可を取る。佐伯とそんな練習を続けた結果、もしや先生ではない場合でも他人に話しかけるときはこうやって断りを入れたほうがいいのでは？と思えるようになってきた。

しかし今回に限って、正しく許可を申請したにもかかわらず深谷はびくっと身を跳ねさせた。

「……何でだよ」

「相談っていうか、聞いてほしいことがあるの。今から僕が言うことが正しいかどうか、深谷に判断してほしい」

「どうして俺に聞くわけ？」

「だって深谷は頭良いじゃん」

「良くないよ、お前の方が勉強できるだろ」

「でも深谷は僕よりずっと人の気持ちが分かるでしょ。だから、深谷に聞いてほしいの」

ぎゅうっと深谷が両手をきつく握りしめた。

今度こそ深谷を怒らせないように、架月は慎重に言葉を選びながら話した。

「僕が気付かずに良くないことを言ってしまったとき、深谷はちゃんと『そういうことを言うと友達を傷つけるんだ』って教えてくれるでしょ。いつも深谷は僕に友達との付き合い方を教えてくれる人だから、今回も深谷に教えてほしいの」

「………………」

「お願い、深谷」

頭を下げた。切実だったから。

「これから僕は、ある人の気持ちを想像しなければいけない。そうすることで、その人が悪いことをしていないって証明したいから。でも僕は他人の気持ちがよく分からないから、僕が間違っていたら深谷に教えてほしい」

「人の気持ちが分からないから、今も俺に普通に話しかけてくれるわけ？」

「へ？」

唐突な物言いに、架月は困惑してしまう。

「……それ、関係なくない？」

そう言った瞬間、深谷がなぜか泣きそうな顔をした。

また何か自分がやらかしたのかとヒヤリとしたが、すぐに弱々しい表情は消え失せてしまう。

深谷は笑顔こそ浮かべなかったものの、平静を装った無表情でこくりと小さく頷いてくれる。

「分かった。俺でよければ、いいけど」

「深谷がいいの」

その一言をもってして、いよいよ深谷は何も言わなくなってしまった。

架月は深谷を連れて、事態が起こった現場である西廊下のロッカー前を訪れた。

眼前のロッカーを指さして、まずは自分が調査していた内容を説明することにした。

「僕は今、先週の水曜日にこのロッカーの荷物がぐちゃぐちゃにされていた件を調査しているの。疑われた由芽先輩が、自分の犯……失態を認めるように謝っちゃったから、僕が代わりに疑いを晴らそうと思って」

「しったい……って、何？」

「あ、えーっと、やっちゃった的なこと。だから今回は犯人探しをしていたわけじゃなくて、ただ由芽先輩じゃないっていうことを証明したくて調査していたんだ」

深谷が目を伏せて、ぎゅっと胸の前で両手を握りしめている。初夏の西日が差し込む廊下で、その手は凍えたように震えていた。

むしろ暑いくらいだけどな、今日。

彼の反応を怪訝に思いながら、架月は言葉を続けた。

「水曜日の朝、ここの廊下の奉仕活動をしていた利久先輩がロッカーの荷物がぐちゃぐちゃになっていることに気が付いたの。でも、利久先輩が教えてくれたことに僕たちがうまく気付けなくて、ロッカーがぐちゃぐちゃにされてることにみんなが気付いたのは一時間目の作業学習が始まる直前になった。このロッカーの前にはたくさんの人が集まっていて、誰かが『由芽先輩がやったんじゃない？』って言ったせいで由芽先輩に疑いがかかったの」

うん、と深谷が相槌を打つ。

橙色の斜陽によって彼の顔には影が落ちていて、薄暗がりの中で表情を読み取ることが難しくなる。架月は自分が深谷を怒らせるような余計なことを言いませんようにと必死で念じながら、慎重に言葉を紡いだ。

「でも僕は、由芽先輩がやったわけじゃないって思いたかった。確かに由芽先輩は僕のロッカーに荷物を交ぜてたけど、みんなのロッカーを手当たり次第に触るような人じゃないからさ。……あ、待って。そういえば深谷のロッカーにも自分のものじゃないファイルが入ってたじゃん、でも由芽先輩は自分じゃないって言うんだよ。あれ、結局由芽先輩のやつだった？」

「……いや、俺の勘違いだった」

「そっか！　ならよかった、だとしたらやっぱり由芽先輩は僕以外のロッカーには触らないんだよ！」

そうだね、と深谷が呟く。

晴れやかな架月とは対照的に、深谷は肯定してくれながらなぜか声を震わせている。

「だから、僕は犯人が由芽先輩じゃないって証拠を見つけたかったの。ヒントは僕のロッカーにあったんだ」

「架月のロッカーに？　何か変なもの交ざってた？」

「そうじゃなくて、何も変なものがなかったことがヒントなの」

架月はそう言いながら、自分のロッカーを指さした。

「僕の作業学習用ロッカーには、学習用ファイルと清掃方法の小冊子、使い捨て手袋と軍手、水切りワイパー、雑巾、卒業制作のアナログ時計が置いてあるでしょ？　あの日、みんなの荷物はどんなふうに動かされてたか覚えてる？　自分の隣のロッカーに、荷物がそのまま全部スライドさせられてたの」

「うん、覚えてるよ」

「僕の荷物もそのまま全部隣に移されてた。増えているものも減っているものもなかった。それが問題なんだ」

「ん？」

深谷が戸惑ったように首を傾げた。架月はブレザージャケットのポケットから、今朝由芽にもらったばかりの二通の手紙を引き出す。

「これは由芽先輩からもらったお手紙なんだけど、こっちのディズニープリンセスの封筒に入ってる手紙はずっと前に僕のロッカーに入ってたやつなんだ。ほら、深谷のロッカーに誰のものか分からないファイルが置かれてた日だよ。僕はこの手紙を由芽先輩のロッカーに戻しちゃったんだけど、これは由芽先輩が僕にくれたお手紙だったから、ずっと僕が持っているべきものだったんだ」

「そりゃあ……封筒にも『かづきへ』って書いてあるから、そうなんじゃないの？」

「そう。だけど僕、今までも由芽先輩の荷物を自分のロッカーにいっぱい置かれてたから、この手紙もてっきりそのパターンだと思って……でも僕、そのあと作業学習の時間に由芽先輩から『手紙、見た？』って聞かれて、『見ました』って言っちゃったんだ」

「ロッカーに戻したのに？」

「うん、だって見たことは見たし」

「『手紙見た？』って、『もらってくれた？』って意味じゃん……それラブレターで同じことやったら振られたと思われるだろ……」

「ラブレターだったらしいよ」

「……ぁえ⁉」

「それで、今朝この猫のシールが貼ってある手紙を――」

「待っ……いや、ごめん、やっぱいい。なんでもない、続けて」

深谷がなぜかあわあわしている。なんでもないことはないだろうが、続けてと言われたから素直に従うことにした。

「今朝この猫のシールが貼ってある手紙をくれたとき、由芽先輩は僕が一度ロッカーに戻したディズニープリンセスの手紙も渡してくれたの。由芽先輩にとって、この手紙はやっぱり僕が持っているべきものだったみたい」

「そりゃあ、自分が渡した手紙だし――」

「そう。だから由芽先輩がロッカーをぐちゃぐちゃにした人であるとしたら、おかしいんだよ。由芽先輩がみんなの荷物を動かしたなら、そのときに自分のロッカーに戻されていたこの手紙を僕の荷物の中にもう一回入れてくれるはずだと思うんだ」

実際、由芽は今朝になってディズニープリンセスの封筒に入ったラブレターを架月にちゃんと返してくれた。由芽にとって、このラブレターは歴とした「架月の持ち物」なのだ。

「だから事件が起こった日、僕の荷物の中に手紙が戻されていなかったということは、由芽先輩はやってないと思うんだ。深谷はこの予想、合ってると思う？」

「合ってると思うよ」

さっきまで不安そうな顔をしていた深谷は、なぜかそこだけは即答した。

深谷に保証をもらえたなら、きっとこれは事実だ。自分の推理が当たっているということに自信が持てたことが嬉しくて、架月はその場で跳ねて喜んだ。

「ありがとう！　今の話、佐伯先生にしてもいいかな？　由芽先輩が先生たちに自分がやりましたって謝ったなら、先生たちへの誤解は解いておきたくて」

「それはもう解けてるよ」

「そうなの？　ならよかった。でも、どうして深谷がそれを知ってるのさ」

「架月は、犯人は知りたくないの？」

「へ？」

唐突に尋ねられて、架月は間の抜けた声を上げてしまった。

深谷の質問の意図が分からない。だって今、架月は犯人の正体ではなく由芽の身の潔白を証明するための話をしていたはずなのに。深谷にもそのことは説明して、理解した上で架月の話に付き合ってくれていたのではなかったのか。

「な、なんで？　僕に関係ないでしょ、それ」

「関係ないかな？　犯人はお前が大好きな由芽先輩に罪をなすりつけるような真似をした奴だよ。そいつが余計なことをしなければ、由芽先輩だって疑われて怒るようなこともなかったのに」

「……でも由芽先輩が、僕のロッカーを弄《いじ》ってたのは本当だし……」

由芽だって疑われるだけのことはしていたのだ。

架月が「由芽は犯人じゃないはず」と信じていたのだって、実際のところは「犯人じゃないと思いたい」くらいの期待を含んだ想像であって、百パーセント信じることができないからこそ必死で証拠を探していたのである。

「由芽先輩が疑われたことは、別に犯人だけが悪いというわけではないよ。身から出た錆《さび》という部分も大いにあったんだ」

「身から……な、何?」

「身から出た錆。自分も悪いってこと」

「お前、由芽先輩のこと好きなんじゃなかったの?」

「好きだよ。でも、別に相手の悪いところが見えてるからって全部が嫌いにはならないでしょ」

「そうなの?」

なぜか絀るような目をされた。

どうして、そこが疑問になるのだろう。深谷の不思議な反応に気を取られていたら、うっかり手紙を握りしめていた指から意識が逸れてしまった。

「あっ」

一瞬だけ指の力が抜けて、由芽からの大事な手紙を取り落としてしまう。

慌てて深谷が手を伸ばしてくれたが、手紙は彼の手すらもすり抜けてロッカーの下の隙間に入り込んでしまった。

「うわ、まじか。やば」

「いいよ、もうそれ読んだし」

「いいわけあるか！」

深谷がまるで自分の手紙が落ちたかのような焦った反応をしてくれる。そんな些細な反応にすら、彼の人の良さが滲んでいる。

「どうしよう、二人でロッカーどかすか？」

「いや、ロッカーと下の隙間が結構広いからこのまま取れるかも」

架月はその場に膝をつき、自分のロッカーに入っていた紙ファイルを下の隙間へと押し込んだ。中に落ちてしまった手紙をうまくファイルで押さえつけることができたが、暗いので手繰り寄せるのがちょっと難しい。

ロッカーにギリギリまで近づいて隙間を覗き込もうとしたら、近づいた拍子に体がロッカーにぶつかってしまった。

「ちょ、架月――」

背中に何か固いものが落ちてきて、「痛った！」と悲鳴を上げる。次の瞬間、背中に当たったそれがガシャンッと音をたてて床に落下した。

何か細いものが目の前を転がっていく。それらが隙間に入り込む寸前、深谷が素早く屈み込んでキャッチしてくれた。

それは単三電池だった。

視線を横にスライドさせると、床に落下してしまったのは架月の卒業制作のアナログ時計だった。「うわーやっちゃった」と慌てて拾い上げると、落下の衝撃で時計の長針と短針がずれてしまっていた。

「あー……これ、すぐずれちゃうんだよなぁ……」

そういえば学校に持ってきたときも、鞄の中で針が動いてしまっていたっけか。

ロッカーの手前に置くのは危ないからやめておこう。そう思いながら時計をひっくり返すと、電池を入れていた部分のカバーが外れて中が空っぽになってしまっていた。

まずい、もう一本の電池も転がっていったか。

架月はなくなった電池を探すため、「ごめん深谷、これ持ってて」と時計を深谷に渡した。深谷はなぜか自分が失態を犯したように真っ青になっていたが、架月に差し出された時計は震える手でちゃんと受け取ってくれる。

「えー、もう一本どこ行っちゃったんだろ……。深谷、時計の時間合わせてもらってもいい？ 僕、電池探すから」

「え？ あ、う、うん」

深谷は妙に青ざめておどおどしながら、廊下に掛かっているアナログ時計を見上げつつ架月の時計のネジを動かしてくれる。

もう一本の電池は、廊下に据えられていた消火器のそばにまで転がっていた。架月が電池を拾い上げると、深谷が横から時計を差し出してくれる。

「はい、時間合わさったよ」

「ありがとう、深谷」

深谷から時計を受け取った架月は、その文字盤を見て息を呑む。

時計は十時三分を示していた。

＊＊＊

放課後、架月は美術室前の廊下で小寺が来るのを待っていた。

彼女はいつも部活が始まって少し経ってから顔を出す。部活動が始まる時間になっても架月が一人で廊下に立っていたら、美術室の扉が開いて利久がひょいっと顔を出した。

利久は部活中はいつも、一度も顔を上げずに一心不乱にペンを動かしているはずだ。そんな彼が廊下に出てきたものだから、驚いて「どうしたんですか?」と尋ねると、利久はいつもの淡々とした無表情でぽつりと答える。

「おいで」

「え?……あ、僕ですか?」

「隣いいよ」

「ありがとうございます。先生を待っているので大丈夫です」

「大丈夫です」

利久は架月の言葉を繰り返し、ふっと興味を失ったようにそれ以上は何も言わず美術室へと引っ込んだ。

――利久先輩は自分が隣にいてもいなくてもどうでもいいのだろうと思ってたけれど、いないときはちゃんと声を掛けてくれるくらいには気にしてくれているのか。

部活で席が隣同士だという縁がしっかり繋がっていたことを知れて、肺が広がったように呼吸がしやすくなる。自分がいてもいいと確信できる居場所が増えているのは嬉しい。

しばらく待っていると、小寺が筒状に丸められたポスターをいくつか抱えて廊下を曲がってきた。

「あれ？　架月くん、どうしたの？」

「先生、お話があります。今、お時間よろしいでしょうか？」

「いいけど……あ、架月くん。見てこれ、今日学校に届いたんだよ」

丸まったポスターを一本差し出され、開いてみてと笑顔で勧められる。促されるままにポスターをくるくると開くと、そこにはたくさんの子供たちが青空の下で遊んでいる絵が印刷されていた。

「これ、由芽ちゃんが描いた絵がポスターに選ばれたんだよ。すごいでしょ？」

「え、すごいです。上手です」

「ねー。あとで美術室とか廊下とかに貼るから、架月くんも手伝ってね」

「はいっ」

ポスターの上部には『三月二十一日は「世界ダウン症の日」』と印刷されている。ダウン症。文字面だけで病気か障害の名前だということは分かる。でも、どういうものかはいまいち分からない。

この名称も、由芽を構成するものの一つなのだろうか。

「見てくれてありがとうね、架月くん。それで話って何？」

ああ、そうだ。促されて、ようやく本来の目的を思い出す。

わざわざ小寺を待っていたのは、彼女にお礼を言いたかったからなのだ。

「小寺先生、教えてくれてありがとうございました」

「ん？　何？　卒業式みたいなこと言っちゃって」

「まだ一年生なので卒業しません」

「知ってるってば」

「でも、僕に言葉遣いのことを教えてくれて助かりました。深谷の前で『犯行』って言わなくてよかったです」

小寺はぎょっと目を剝き、慌てて視線を左右に彷徨わせる。

「架月くん、それ以上は美術準備室で聞くよ」

小寺に誘われて、美術室の隣にある美術準備室へと入る。普段は生徒が入ってはいけないその教室は、たくさんの画材や教材、過去の生徒たちの作品などが大量に保管してある。

物置のような部屋に置いてあったソファに、小寺と向かい合って座る。

この教室には廊下側に窓がなく、総合文化部の活動でにぎやかな美術室には二人の声は聞こえない。小寺がこんな散らかった教室にわざわざ架月を入れたのは、明らかに内緒話をするためだった。

「深谷くんから何か聞いたの？」

「何も聞いてないですけど、みんなのロッカーの荷物を動かしたのは深谷なんですよね？」

「それ、誰かから説明された？」

架月は首を横に振り、自分が知っていることを順序立てて説明していく。

まず深谷に対して語ったのと同じように、由芽が潔白であることを証明した。手紙のくだりでは小寺が思わずといった様子で頰を緩ませて「……ほぅー？」と謎の相槌を打ってきたけれど、小寺も概《おおむ》ね架月の想像には同意を示してくれた。

「由芽ちゃんが潔白だっていうのは分かったけど、そこからどうして深谷くんに繫がるの？」

「ロッカーの荷物が動かされていた日、僕たち清掃班がみんなの荷物を元のロッカーに戻したんです。僕も自分の荷物を戻したんですけど、そのときロッカーに置いていた僕のアナログ時計の時間がずれていました。本来の時間は九時二十分だったんですけど、時計は四時四十五分を示していたんです。七時間二十五分もずれています」

「何でだろう、それは。電池が切れたとか？」

「違います。たまたま七時間二十五分のずれが生じたわけではなく、あのとき僕のアナログ時計は長針と短針が反転していたんです」

「反転？」

　架月は自分の親指と人差し指を立てて、L字を斜め下に倒したような形を作ってアナログ時計の文字盤を再現した。

「九時二十分の長針と短針を逆にすると、四時四十五分になるんです。僕のアナログ時計って、衝撃を加えるとすぐに針がずれちゃうんですよ。おまけに僕、廊下を通る人が時計を見られたら便利かなと思って、ロッカーの縁ぎりぎりに時計を置いてたんです。こないだも僕がロッカーにぶつかっただけで時計が落っこちちゃったくらいで……だからおそらく、あの日もロッカーの荷物を動かした人は時計を床に落としちゃったんだと思います」

　みんなのロッカーの荷物を動かしている途中で、おそらく肘を引っかけるかロッカーを揺らすかしてしまったのだろう。架月自身、そのくらいの軽い衝撃で落下してもおかしくない位置に時計を置いていたという自覚がある。

「床に落ちたとき、時計の針はずれてしまったんです。その生徒は時計の針を直そうとして、廊下にかかっているアナログ時計を見ながら二つの針を同じ形になるように動かしました。そのとき、長い針と短い針を逆にしてしまったんです」

そういう解釈をすると、いくら聞き込み調査をしても浮かんでこなかった犯人像に一つの情報が追加されるのだ。

「ロッカーの荷物を動かした人は、アナログ時計を読むのが苦手なんだと思います」

初めて架月が卒業制作の時計を学校に持ってきたとき、可愛い可愛いと大喜びした莉音が深谷にも時計を見せようとした。

『純にクイズです、今は何時何分でしょう?』

しかし深谷は、架月の時計からスッと目をそらして自分のデジタル腕時計を見て答えた。

架月がデジタルのタイマーを見て残り時間を理解するのが苦手なのと同じように、深谷はアナログ時計を見て時刻を読むのが苦手なのではないか。

そのことに架月が思い当たったのは、彼が実際にアナログ時計の針を合わせるのを間違えたのを目の当たりにしたときだった。昼休み、深谷は架月に時計を合わせてほしいと頼まれて、十時三分に時計を合わせた。

そのときの本当の時刻は十二時五十分だった。十時三分は、本来の時刻から長針と短針をひっくり返した時刻なのである。

おそらくそのときも、彼はアナログ時計の長針と短針の違いが分からずに変な時刻で合わせてしまったのだろう。

「それ、深谷くんに言ったの?」

質問した小寺の声は、わずかに強ばっていた。

『それ言ったの？』が意味するところは、『アナログ時計が読めないから深谷が犯人って言ったの？』ということだ。

架月が首を横に振ると、小寺はホッとしたように肩から力を抜く。その反応を見て、言わなくてよかったと今更ながら架月も安堵した。

きっと自分に与えられていた言うか言わないかの二択は、失敗したら二度と取り返しがつかないものだったのだろう。

間違えなくて本当によかった。

「だから僕、小寺先生に『犯行』や『犯人』という言葉を使うなと言ってもらえてよかったです」

最初にそう言われたとき、架月はその意味が理解できなかった。

だって以前、四色紙吹雪事件と名を付けられた一件を調査していたときは、教師である佐伯が積極的に「犯人」だの「捜査」だのといった言葉を使っていた。

『前回の紙吹雪は、結局先生がやったことだったでしょ？』

前回は、架月がいくら調査をしていたとしても犯人と対峙することはなかったのだ。架月が周囲の生徒たちに「今、この事件を追っている」と事情を説明しても、事件について知っていることを教えてほしいと迫っても、そうやって聞き込みをしている友人たちの中に絶対に犯人はいなかった。

しかし、今回は違った。

架月が「何か知らない？」と聞いた友人の中に、みんなの荷物をぐちゃぐちゃにした犯人がいるかもしれないという状況だったのだ。

「僕は由芽先輩にロッカーを弄られていたけれど、由芽先輩に悪意があるとは思っていません。由芽先輩は意地悪のつもりじゃなかったって分かってるからです。やったことは悪いことでも、そこに悪意があるかどうかはその人次第だと思います。それなのに僕がみんなのロッカーをぐちゃぐちゃにした人に『犯行』とか『犯人』とか言っちゃったら、その人を責めてしまうことになります」

「架月くんは、みんなの荷物を動かした人に悪意はなかったと思ってるの？」

小寺の祈るような問いかけに、架月は小首を傾げる。

「僕が深谷のことを決めつけるのは違うと思いますけど」

小寺ががっくりと肩を落とした。

「でも、先に深谷の荷物に触ったのは僕なんです」

「……ん？」

「深谷に悪意があるとかないとか、どっちでもいいんです。どっちにしろ、バタフライエフェクトの最初の羽ばたきをしたのは僕です」

「えぇと……ずいぶん難しい言葉を知ってるねえ、架月くん」

「ありがとうございます」

律儀《りちぎ》に頭を下げながら、架月は由芽から一通目の手紙をもらった日のことを思い出していた。あの日、架月は深谷のロッカーの荷物を床に落として、勝手に彼のファイルの中身を見てしまった。

そう、きっと。

あのふりがなだらけのプリントが挟まったファイルは、深谷のものだったのだろう。

なぜか深谷は、そこで頑なにそのファイルを自分のものではないと訴えていた。だから架月はてっきり由芽がやったのかと思って、深谷にそういうストーリーを与えてしまった。それが最初の羽ばたきだ。

人の気持ちを想像するのは苦手だ。だから常に誰かに答え合わせをしてほしいけれど、この推測だけは誰からのチェックももらわずに自分の胸だけに秘めておかなければいけない気がする。

これは、ただの架月の想像だ。

大人たちから「考えたら分かるでしょ」と言われても分からない架月が、自分の想像力だけで引き出した拙《つたな》い仮説だ。

――もしかして深谷は、架月に勝手にストーリーを与えられて後に退けなくなったのではないだろうか。

架月は余計なことをたくさん言ってしまった。自分が由芽にロッカーを弄られていること、だから深谷のロッカーも弄られたのではないかということ、挙げ句の果てに「僕のロッカーだけが狙われてるのかなと思ってたから」ということまで並べ立てた。

だから深谷は、何としてでも「由芽は架月以外のロッカーも触る」ということを事実にしなければならなくなったのではないか。

架月に対して、由芽はみんなのロッカーを触る先輩だと思わせたかった。だからその日の放課後、みんなのロッカーの荷物を動かしたのだ。

そこまでして、深谷は架月にふりがなだらけのプリントが自分のものであると知られたくなかったとしたら？

「……自分の苦手なことがバレるのって、そんなに悪いことですか？」

架月の質問に、小寺はわずかに小首を傾げた。

「僕が教室でデジタルのタイマーが読めないって言ったら、先生がアナログのタイマーがあることを教えてくれました。自分が何が苦手なのか伝えておいた方が、みんなに助けてもらいやすくなるじゃないですか」

そもそもアナログ時計だって、架月に直してと言われたときに「時計が読めないから直せない」と断れば、ロッカーを弄ったのは自分であると架月にバレなくて済んだのに。

深谷が必死で隠そうとしたことに、隠すほどの意味が見いだせないのは架月がおかしいのか？

「助けてくれる人がいる場所でなら言えるよね」

長い間逡巡《しゅんじゅん》してから、小寺は遠慮がちに口を開く。

「でも『これが苦手だ』って言ったとき、ただ周りから馬鹿にされるだけで終わったらどうだろう？　苦手なことを知られて、それを材料にして攻撃するような人たちが周りにいるときは？」

「そういう人がいるときは言いたくないですけど、この学校にそんな人はいないじゃないですか」

「うん、いないよ」

小寺は切なげな笑みを浮かべて頷いた。

「でも、それに気付けるかどうかにも個人差があるからさ」

――だとすれば、僕よりもよっぽど聡い深谷はとっくに気付いていてもいいじゃないか。

小寺がくれた返事は要領を得なくて、自ら答えを求めたくせに架月は与えられた言葉を持て余してしまう。

「僕、深谷に『ロッカーの件の調査はやめた』って言った方がいいでしょうか？」

「な……っ、え？　や、やめた方がいいよ、カマかけてるんじゃないんだから」

焦った小寺に前のめりで止められて、架月は途方に暮れて天を仰いでしまう。だって自分はこのままじゃ、深谷にずっとあの警戒するような目を向けられ続けてしまうじゃないか。

架月が何かをやらかしたときに相手に執拗《しつよう》に謝ってしまうのは、相手からの「いいよ」を聞いてホッとしたいからだ。架月にとって謝罪の場とは、反省の機会ではなくわだかまりをリセットできる救済の時間である。

架月は今まで幾度となく、誰かを怒らせては謝罪でリセットして——もしくは、リセットしたということにしてもらって——何とかその場をやり過ごしてきた。

でも今回は、それが通じない。

深谷にリセットを求めようとすれば、深谷がやったことに架月が気付いているとバラしてしまうことになるという。小寺がこんなにも焦って止めるということは、きっとそれをやらかしたら二度と深谷と仲直りできなくなるのだろう。

——だけど、このまま深谷がずっと何かを怖がっているのを見るのは嫌だな。


途方に暮れながら美術室に戻ったら、入り口付近の席でちょうど莉音が塗り絵をしていた。部活に来ても特にやることがなくて先輩たちにくっついてばかりいた莉音だが、最近になって親に塗り絵の本を何冊か買ってもらったようでもっぱら塗り絵ばかりをしていた。今はディズニープリンセスの塗り絵をしている。鼻歌まじりにサラサラと塗られる色はお手本に忠実で、時折表紙を見直してドレスの細かい配色を確認しながら塗っている。配色は完璧なのだが塗りは大胆で、下絵の線からドレスの色が弾けるようにはみ出しているのが莉音らしかった。

「莉音さん、今話しかけてもいい？」

「いいけど何さ」

「ロッカーの件で色々と莉音さんに聞いてたでしょ、僕。あれ、調査するのやめたから」

「え、ほんとに？」

莉音がパッと色鉛筆を投げ出して、まんまるの瞳でこちらを見上げる。

どうして？と聞かれたらなんと言えばいいんだろう。

彼女の返事に身構えていたら、莉音は意外なことを言ってきた。

「よかった。優花先輩にも教えていい？」

「いいけど、なんで優花先輩？」

「優花先輩が安心するからだよー」

「どうして優花先輩が安心するの？」

調査をやめて安心するなんて、まるで真犯人の考え方だ。

でも、ロッカーをぐちゃぐちゃにしたのは深谷だということは分かっている。どこに優花が安心する要素があるというのだろう。

架月が困惑していると、莉音がはっと目を丸くした。

「あっ、待って。これ、架月に言っちゃダメだったのかな？　どう思う？」

「僕に聞かれても分かんないよ。何を僕に言っちゃダメなの？」

「それって別に問題じゃなくない？」

プイッとそっぽを向いて、莉音は塗り絵に戻ってしまった。

なんだよ、らしくない。そんなはぐらかすような言い方なんてせず、「あんたには関係ない」

ぐらいきっぱりと言い切ってくれるのがいつもの莉音なのに。

——ってか、今のセリフどっかで聞いた気がするな。僕。

利久の隣の席に行って、いつものように自由帳を開く。イラストを描くための自由帳は、最近の調査のせいで物騒なメモで埋まってしまっている。

何気なくページをめくっていた架月は、さっき耳で聞いた一言が自分の筆跡で綴られているのを見た。

息を呑み、やや走り書きで記されたその一文を一文字ずつ人差し指でなぞる。

『別に問題じゃない』

そうだ、これは優花先輩の言葉だったんだ。

『それって別に問題じゃなくない？』

ノートを叩きつけるように机に置き、その一文が書きつけられたページを目を皿にして読む。

幸いなことに、過去の自分は最低限の手がかりを残してくれていた。

——それって別に問題じゃなくない？

優花が言った「それ」が何を指し示していたのかを見つけた瞬間、架月は息を呑む。同時に脳裏に蘇ったのは、全ての発端となった白猫と黒猫の箸置きだった。耳の奥で由芽の声が響く。

『ちゃんとかくれんぼして！』

そうか。自分が解くべき謎は、これだったんだ。

由芽の冤罪を晴らすための証拠とか、真犯人が誰であるかとか、そんなことを考える前によっぽど大事なヒントが最初っから目の前にあったのだ。

本来であれば、真っ先に気付くべきだった。

でも、まだ全然遅くない。

＊＊＊

翌日、架月は朝からずっとタイミングを窺っていた。

もちろん窺っていたのは深谷と自然と二人きりになれるチャンスなのだが、深谷という奴はちょっとでも気を抜くと人の輪の中に入っている。ごく自然に周囲に呼ばれて、いつも深谷の周りには誰かがいる。

もし自分が、こんなふうに誰かとずっと一緒にいたら絶対に疲れる。

深谷はすごいな。

そんな集団を外側からぼんやりと眺めていたら、心配そうな莉音にこそっと耳打ちをされた。

「架月も交ざりたいの？　交ぜてって言うの手伝おうか？」

どうやら架月のことをその一言も言えない子だと思っているらしい。優しい気遣いに痛み入るが、生憎《あいにく》ながら見当違いである。

「そうじゃないから大丈夫。ありがとう」

「本当？　じゃあ莉音とお話しようよぉ」

「うん」

莉音は莉音で、クラスに自分以外の女子生徒がいないから常に話し相手に飢えている。ちなみに一年生の女子生徒は莉音を含めても二人だけで、もう一人の子は隣のクラスに在籍しているのだが早々に同じクラスで彼氏を作ってしまったらしい。彼女はその男子とばかり話すようになってしまって、カップルの間に入れない莉音は今ではすっかりその子と仲良くなるのを諦めて、架月をはじめとしたクラスの男子や上級生の女子達とばかり連《つる》むようになっている——と、以前そんなことを自分で語っていた。

「でも架月が男子のグループとばっかり連むようになっちゃったら、莉音は一人ぼっちになっちゃうから嫌だなぁー」

「そんなことないよ、莉音さんはみんなと話してるじゃん」

「そうなの？　莉音、架月とは特別仲良しだと思ってたけど」

——あ、今のはちょっと嬉しい。

架月は思わず頬を緩めてしまったのだが、莉音の方は架月がわざわざ言わないと自分と仲良しだと分からなかったことが不服だったようで、ぶすっと口を尖らせて「いいもん、別に仲良しじゃないし」とそっぽを向いてしまった。

「そんなことないよ。僕と莉音さんは仲が良い」

「それ、普通は本当に仲がいい人にはわざわざ言わないんだよぉ？　本当の友達なら言わなくても分かるから」

「じゃあ莉音さんはもう言ってくれないの？　僕は言ってくれた方が分かるし、言われたら嬉しいよ」

「あんた単純な奴でいいねぇ」

単純と言われてドキリとしたが、莉音の表情を窺うと彼女は穏やかな笑みを浮かべている。彼女が笑いながら顔を傾けた拍子に、艶やかなセミロングヘアが揺れてきらきらと光の反射を周囲に散らした。莉音は比喩《ひゆ》ではなく眩しく笑うのだ。

授業開始のチャイムが鳴って、架月は自分の席についた。次の授業は国語だ。明星高等支援学校では教科学習の時間があり、週に何度か国語や数学、英語の授業を行っている。

しかし架月が準備を終えると、他のクラスメイトたちがみんなサッと廊下に出て行ってしまった。

これから授業が始まるのに、どこに行くんだろう。

さっきまで架月と話していたはずの莉音もいなくなってしまって、いよいよ架月は教室で一人ぼっちになった。みんなを追いかけた方がいいのかなと一瞬だけ思ったが、架月の脳内で「チャイムが鳴ってからは教室を出ない」というルールが最優先に上がってしまっていて体を動かす勇気が出ない。

国語の学習ファイルを見ながらフリーズしていたら、教室の扉がサッと開いた。

入ってきたのは教師ではなく、とっくに教室を出て行ったはずの深谷だった。

「あっ、いた。急げ架月、次の授業は図書室でやるって先生が前回言ってただろ」

「……そうだっけ?」

「言ってたよ、一緒に行こう」

深谷に手招きされた瞬間、脳内での優先順位がすんなり入れ替わった。チャイムが鳴ったあと教室を出ないというルールよりも、深谷の言うことを信じて一緒に図書室に行きたいという気持ちが上回る。

「深谷はどうして教室に戻ってきたの?」

「どうしてって……いや、だって……架月がみんなと一緒に来ないからじゃん」

「わざわざ迎えに来たの?」

「……ごめんってば」

「な、なんで謝るの。深谷は何も悪いことしてないのに、今」

「だって架月が嫌そうにしてるから」

まさかそんなふうに伝わっているとは思わなくて、架月は慌てて首を横に振る。

「違くて、えっと、そうじゃなくて、そんなに優しくしてくれるんだってびっくりしただけで……その、僕は『単純な奴』らしいから、そう思って」

深谷が噎《む》せるように咳き込んだ。

「は、な、何？　それ自分で言ってるの？」

「そうじゃなくて、莉音さんがそう言ってたから――」

「いじめられてんの？」

「仲良しなんだよ」

「そうやって騙されて揶揄《からか》われてるわけじゃなく？」

「莉音さんがそういうことする人じゃないって深谷も知ってるでしょ」

当然頷いてくれるものだと思って言ったら、深谷はなぜか押し黙ってしまった。蚊の鳴くような声で「人が何を考えてるかは分かんないだろ」と言われて、深谷にも分からないことがあるのかと驚く。

他人の心の機微を読むことにおいて、自分は深谷には絶対に敵わないだろう。深谷はどんな些細なことでも拾い上げて、架月が意図していないところまで多彩に読み取ってしまう。そんな彼が分からないと匙を投げるほど、莉音が優しい人だと断言することは難しいことなのだろうか。

きっと深谷は、そうやって火のない所に煙を立てることができるのだ。

そんな彼の目に煙のように見えてしまったものを、ただの霧だよと言ってあげられるような人がそばにいればいいのに。

やや遅れて、架月は今この状況が「深谷と二人きりになれるチャンス」であることに気が付いた。急に速くなった心臓の鼓動を深呼吸で抑えて、架月は努めて冷静に切り出す。

「そういえば、こないだはありがとう」

「えっと、何のこと？」

「僕の話を聞いてくれて」

その一言だけで、深谷はロッカーの件だと勘づいたらしい。サッと青ざめた彼の横顔を見つめながら、架月は昨日から家で何度も口に出して練習していた台詞を紡いだ。今いくらか自信を持って口を開けているのは「ちゃんと家で練習した」という自信があるからと、そもそもこの台詞を考えたのは自分ではなくて小寺だからだった。優花の真意に気付いてから、架月は再び美術準備室にいた小寺を捕まえて助けを乞うた。

自分のプリントにふりがながついていることすら隠そうとした深谷とは違って、架月は他人に助けを求めるのが苦手ではない。そのせいで呆れられることも多いけれど、架月の周りにいる大人たちは必ず一緒に悩んでくれる。

先生が一緒に考えてくれた台詞をきっちり練習したという事実が、二本の柱となって今の架月を支えていた。

「深谷はこないだ僕に犯人を知りたくないのかって聞いたけど、僕は由芽先輩が関係ないって知ることができただけで満足だからもう調査はしないよ」

「……でも」

「そういえば莉音さんと優花先輩にも色々聞いちゃったから、あとでお礼を言いに行こうかなって思ってるんだよね」

どうだろう、ちゃんと言えた？

架月は嘘をつくのが苦手という次元ですらなく、そもそも今まで嘘をつく必要がなかったから嘘をついたことがない。誰かによく思われたいとか、誰かに嫌われたくないとか、そういう嘘の動機が湧くような関係に発展したことがないのだ。

そんな自分の拙い演技に、賢い深谷が騙されてくれるだろうか。固唾を飲んで反応を見守るが、架月の目には今のところ深谷は不審がっていないように見えた。

「優花先輩に話しかけたわけ？　チャレンジャーだな、お前。他の先輩たちに目ぇ付けられるだろ」

「いや、僕じゃなくて莉音さんが声を掛けたんだけど……。でも結局、あの二人も何も知らなかったんだよね。みんながロッカーの異変に気が付いて騒いでたときの状況を聞こうと思ったんだけど、二人とも最初に『由芽先輩がやったんじゃない？』って言った人ですら誰だったか覚えてないって言ってたし」

「……え？」

深谷が目を見開く。

その反応で、架月は自分の想像が合っていたことに気が付いてしまった。安堵するのと同時に、心臓がぎゅうっと切なく引き絞られて一瞬だけ呼吸が苦しくなる。

「二人とも、そう言ってた？」

——そうだよ、深谷。

なぜだか泣きそうになるのを堪《こら》えながら、架月は莉音と優花の証言を思い出す。

『最初にロッカーの異変に気付いたのは誰だったんでしょうか?』

『誰だったっけなぁ。優花先輩、覚えてます?』

『えー、覚えてない。なんかみんながロッカーの前に集まってざわざわしてたから、誰が最初とかは全然分かんないや』

今だから分かる。

おそらくあれは、嘘だったのだ。

二人は一貫して何も知らないと主張していたが、最初に由芽を疑った人物の台詞はやけに鮮明に覚えていた。

『そこに由芽ちゃん先輩もいたんだけど、誰かが「由芽先輩がやったんじゃない?」って言って、由芽ちゃん先輩が教室に逃げ戻っちゃったんだよね』

そう説明したのは優花である。

優花は自分が由芽を呼ぶときは「由芽ちゃん先輩」と呼ぶのに、最初に由芽を疑った人物の台詞を反復するときは「由芽先輩」と呼んでいた。

つまり優花が言っていた「由芽先輩がやったんじゃない?」という台詞は、最初に彼女を疑った生徒が放った言葉なのだ。

台詞まで一言一句しっかり覚えていたのに、優花がそれを言った人間だけを完全に忘れているとは思えない。

実際のところ、優花は誰が最初に由芽を疑ったのか覚えていたのだろう。そのとき一緒にいた莉音もそうだ。彼女たちは頭の中に残っている情報の一つを敢えて伏せたまま、架月に「何も覚えていない」という態で話をした。

『誰が最初に由芽先輩だって言ったんだろう』

架月がそう疑問を投げたとき、優花は険しい表情でこう言った。

『それは分かんないし、それって別に問題じゃなくない?』

きっぱりと架月に釘を刺したのだ。

『疑った人を探すんじゃなくて、架月くんはロッカーの荷物をぐちゃぐちゃにした犯人を探さないといけないんだよ』

――由芽に疑いをかけた人間を絶対に探すな。

――そこは解くべき謎にするな。

そうやって彼女たちが徹底的に情報を伏せたのには理由がある。きっと二人は、その人物が架月に怨まれないように気を遣って正体を伏せてやったのだ。

架月が由芽を慕っていることは、優花も莉音も知っている。もし架月が最初に由芽を疑った人間――「由芽先輩がやったんじゃない?」と言って由芽を怒らせた生徒――が誰だったのか知ってしまえば、きっと架月はその生徒のことを怨んでしまうと思ったのだろう。

だから彼女たちは、その生徒のことを庇うために架月に「何も知らない、覚えていない」と嘘をついたのだ。

架月がそのことに気付けたのは、由芽のおかげである。

由芽が架月のロッカーに猫の箸置きを隠したとき、彼女は黒猫役の架月の動きに不満を言った。鬼になった黒猫は白猫が隠れた場所を知らなかったはずなのに、架月がそれを無視してすぐに白猫を見つけてしまったから『ちゃんとかくれんぼして!』と怒ってしまったのである。

別に架月は、かくれんぼをやる気がなくてわざと早く見つけたわけではない。

あのときの架月は、自分が知っている情報を黒猫が知らないとは全く思わなかったのである。自分と黒猫は同じではない。そのことは分かっていたのに、だから自分と黒猫とで知っている情報に差があることには気付かなかった。

ちゃんと黒猫の気持ちになって考えろ。あのときの由芽は、そんなことを訴えていたのだ。だから今回、架月は優花の気持ちになって考えるという手段を思いつくことができたのである。

優花だったら、なんて思うだろう。

莉音はどうして、架月が調査をやめたことにホッとしていたのだろう。

架月をそこまで導いてくれたのは由芽なのだ。いつも怒られてばかりだし、架月のロッカーを勝手に触るし、清掃班の作業もほとんど教えてくれないけれど、今こうやって架月が深谷と対峙できているのは由芽のおかげである。

それなのに。

架月はなぜか、目の前にいる深谷がそんな頼もしい先輩を貶《おとし》めたと知っても怒ることができないでいる。

優花が隠すべきだと判断した真相を知ってしまったのに、心は凪のように穏やかだった。

「……そっか」

深谷はぽつりと呟くと、そのまま足を止めてしまった。

架月も合わせて立ち止まり、視線を宙に浮かせながら小寺に話したことを思い出す。

『架月くんは、みんなの荷物を動かした人に悪意はなかったと思ってるの？』

悪意の所在は、ロッカーの荷物を動かしたことではなかった。

深谷に悪意というものがあったとしたら、それが発露したのはロッカーの荷物を動かしたときではなく他の生徒たちがそれを発見したときだ。

きっと「由芽先輩がやったんじゃない？」と言ったのも深谷なのだ。

深谷は架月に、ふりがなだらけのプリントが自分のものではないと信じてほしかった。

ロッカーの荷物を動かすことで、由芽が架月以外の生徒のロッカーも触る先輩だということにしたかった。

だから「由芽先輩がやったんじゃない？」という一言を吐いて、由芽のことを怒らせたのだ。

それが深谷の振るった悪意の正体だ。

「……っ、ごめ」

深谷が急に謝ってくる。

その謝罪の言葉は、彼の引き攣《つ》った呼吸に遮《さえぎ》られて不自然に途切れた。俯いた深谷の表情は見えない。

謝らせたかったわけじゃない。

責めたかったわけじゃない。

ただ、知っていてほしかった。

「ねえ、深谷」

深谷のことを庇ってくれる優しい人がちゃんといる。

そのことを深谷には伝えるべきだと思った。

それこそが彼が知っておくべき真実だと思った。

「さっき莉音さんに、普通は友達にわざわざ仲が良いって言わないんだよって教えてもらったの。

深谷もそういうタイプ？」

「な、んで、今それ聞くの」

「仲良くなりたいって言ってもいいのかなと思って、深谷に」

思わずといった様子で深谷が顔を上げた。

涙で濡れた不安そうな目で見上げられて、架月までなぜか泣きたくなる。今、深谷のことを泣かせているのは自分だ。泣かせている方まで泣くなんておかしい。おかしいということは分かっているのに、緊張の水位が上がりすぎて勝手に目から溢れた水が滲む。

誰かと一緒にいると、自分の気持ちがどんどん自分で制御できなくなる。

だから一人でいるときが楽しいのに、ごく稀にそれでも一緒にいたいと思える人と出会ってしまう。

深谷純もその一人だということに今気が付いた。

相手を泣かせても、自分が泣きそうになっても、それでも深谷と友達になりたい。

「深谷と仲が良い友達になりたいって言ってもいい？」

「由芽先輩のこと疑ったの俺なんだよ」

優花と莉音が頑なに隠していたことを、深谷はあっさりと白状してしまった。

「うん……。それで、えっと、言っちゃダメ？」

「俺、由芽先輩に意地悪したんだよ」

「いいよって言ってよ、お願い」

深谷は小さく喉を鳴らしてから、「……いいよ」と消え入りそうな声で呟いた。

深谷はきっと由芽に意地悪をしたかったわけではない。

自分を守ろうとして取った行動が、結果として由芽への意地悪になってしまって、深谷自身が一番驚いているのではないだろうか。

深谷は自分の顔を手の甲で乱暴に拭って、「てか授業に遅れる」と呟いた。

再び顔を上げたとき、その表情はいつも通りの凛としたものに変わっていた。そのまま足早に廊下を歩き出した深谷を見て、架月も慌てて歩を進める。

彼と肩を並べると、深谷が不意に言葉を零した。

「架月は中学校まで通常学級にいたんだっけ」

「うん、そうだよ」

「それなのに俺と友達になりたいって言うんだ」

変わってるねと囁かれて、その意味が全く分からなくて困ってしまう。

変わっているという評価はよくもらう。褒め言葉としても、お叱りの言葉としても、しょっちゅう架月はその一言を浴びている。

でも今、深谷から投げられた「変わってるね」は意味が分からなかった。

さりげなく付けられた「それなのに」という接続詞もピンとこない。

「……なっちゃダメ？」

不安になって尋ねたら、深谷は小さく笑った。

ようやく笑ってくれた。いつも通りの彼の笑顔だ。

「架月がいいなら、ダメではない」

深谷は結局、自分が架月と友達になりたいかどうかは最後まで言わなかった。

第三章

六月の上旬、初夏の気配が近づいてきた晴天の昼のこと。

明星高等支援学校の体育館は、賑やかな活気に包まれていた。今日は地域交流販売会といって、学校の近隣に住んでいる地域の方々や保護者を学校に招いて作業学習の時間に制作した商品を販売するというイベントの日だった。

「いらっしゃいませー！」

体育館の入り口でお出迎えをしているのは、二年生リーダーの優花が指揮を執る接客班のメンバーだった。入り口から入ってきたお客さんに、活動報告のパンフレットと来場者プレゼントの手作り栞《しおり》を渡す。パンフレットはオフィスアシスタント班が製本し、手作り栞は清掃班が集めた牛乳パックから作った再生紙で制作したものだ。

接客班のお出迎えを受けて、お客さんたちは体育館のあちこちに設置してあるブースへと進む。農園芸班が育てた野菜を売っていたり、食品加工班が焼き菓子の詰め合わせや菓子パンを並べていたり、一年生が校内実習で作った手芸品を販売していたり、三年生が近隣の農業学校と協力して作成したドライフルーツを売っていたりと、かなり大規模な即売会だ。

架月たち清掃班は、農園芸班の販売ブースに交ざって、お客さんが購入した野菜を袋詰めして渡すという作業の手伝いをしていた。

農園芸班の野菜販売は人気で、客足が途絶えることがない。

そんなブースにおいて、ひときわ目立っていたのは深谷純だった。

彼は大勢の客足に一切臆することなく、油断すると乱れそうなほど人の多い列を手際良く捌《さば》いている。周囲の先輩たちと比較しても遜色ないほど要領よく動き、そのおかげで深谷の担当している列はかなり盛況になっていた。

会計が滞ることは一切なかった。それは深谷の列の会計を担当しているのが、オフィスアシスタント班のリーダーである折原利久だからだった。

利久は客が購入した商品を深谷から伝えられ、電卓で合計金額を出す。しかし彼は電卓を叩くよりも早く脳内で暗算できてしまっているようで、うっかり脳内に出てきた合計金額を口走ったあとから電卓のイコールボタンを押すという会計の仕方をしてはお客さんに「すごい」と目を見開かれるという一発芸のような真似をしていた。

そんな二人の様子にぼーっと見入っていたら、「架月！」と隣で野菜の袋詰めをしていた由芽に強《したた》かに肩を叩かれた。

「サボらないよ、ちゃんと働く！」

「は、はい。ごめんなさい」

架月も最初こそ深谷列の手伝いをしていたのだが、ちょっとでも気を抜くと周囲の時間が格段に進んでいて、自分だけが立ち竦《すく》んでいるということが多くなってしまい、農園芸班の佐伯に「はい、異動」とペアを組んでいた由芽ごと担当異動をさせられてしまった。普段の作業学習に比べて、かなりシビアに仕事態度を見られている。

ぐっと気を引き締めて注文された野菜を袋詰めしていると、体育館に見慣れた人影が入ってきた。

にこやかに笑う優花から来場者プレゼントをもらっていたのは、架月の母親だった。

「いらっしゃいませ、スリッパお持ちですか？　外靴はこちらの袋に入れて、こちらでスリッパに履き替えてお進みください」

スムーズに会場案内をする優花を見て、母親はしばらく呆気にとられていた。

入り口から進まない母親に、架月は大きく手を振る。

「架月の知ってる人？」

「僕のお母さんです」

「架月のお母さーん！　野菜買って！」

由芽が体育館中に響き渡る大声を上げて、架月と一緒になって両手を頭上で振る。

びっくりした母親が歩み寄ってくるのを待って、架月は「この人が由芽先輩だよ」とご機嫌そうな由芽を紹介する。由芽は得意げに胸を張った。

「架月と結婚してあげます」

「……うぁ……」

キスで怒られた記憶が蘇って、架月は母親にも怒られるのではないかと身構えてフリーズしてしまう。しかし母は、由芽を眺めながら「……この子が……」と呟いた。

――三年生の先輩なんだから、「この子」って呼んでほしくないなぁ。

そんなことを思ってしまったが、由芽は一切気にせず「架月のお母さん、野菜どうぞ」と野菜のカートが並べられている方に指を差す。

母親は大根とジャガイモ、ネギを買ってくれた。架月は野菜の袋を渡しながら、母親に話しかける。

「電車で来たの？　暑い中、ご足労おかけしました」

「そういう言葉は家族には使わないよ、架月」

「うん」

「はいはい、気を付けようね」

「『はい』は一回だよ」

「それも言わなくていいの」

母親は苦笑して、近くにいた佐伯と木瀬に軽く頭を下げる。

そのまま踵《きびす》を返した母親を、「あ、待ってください」と呼び止める人間がいた。

「架月のお母さん、電車で帰るんですか？」

声を掛けたのは深谷だった。彼はわざわざ販売ブースから出てきて、母親が持っていた野菜の入った透明ポリ袋をサッと取り上げる。

「野菜持ったまま電車乗るの、恥ずかしくないですか？　ちょっと待っててください、食品加工班から紙袋もらってくるんで」

母親がぽかんとしているうちに、深谷は食品加工班のブースに走って行って三年生の先輩に事情を説明し、焼き菓子の詰め合わせを入れる茶色の紙袋を一枚もらってきた。

その紙袋にポリ袋ごと野菜を入れて、棒立ち状態だった架月に「はい、これ」と紙袋を渡す。

——どうして深谷が渡さないんだろう？

怪訝《けげん》に思って、架月は尋ねる。

「なんで僕に仕事押しつけるの？」

母親が「ちょっと！」と架月に小声で囁《ささや》いてきたが、いくら待っても「ちょっと」の後の言葉は継がれない。何なんだ、急に。

深谷はそんな母親に「大丈夫、慣れてます」と軽やかなフォローを入れてから、架月の肩を叩いてきた。

「お前が渡した方がいいじゃん、せっかくお母さんが来てくれたんだから」

なるほど、そういう考え方か。

架月が「分かった」と頷くと、深谷はいそいそと販売ブースに戻っていく。

紙袋に包まれた野菜を再び母親に差し出すと、彼女は目を丸くして深谷の背中を視線で追っていた。

「お母さん？」

「……どこが障害なの、あの子」

母親がよく分からないことを呟いたので、架月は小首を傾げる。

「知りたいなら、先生に聞けば？」

架月に指摘されて、母親はハッと息を呑んだ。架月の眼差しから逃げるように目を伏せて、それから野菜をしっかりと両手で受け取った。

「これは夕食で出すからね。販売会、頑張って」

「うん」

体育館を出て行く母親は、どこか気落ちしているような丸い背中をしていた。

しかし架月は、今もらった「頑張って」を実現させなければとそんな母親にさっさと背を向けて、自分の担当ブースへと小走りに戻る。

相変わらず深谷の販売ブースは盛況である。深谷は地域の方らしいおばあさんにわざわざ呼び止められ、熱の入った口調で言葉を掛けられていた。

「頑張ってね」

その瞬間、深谷の表情がわずかに強ばった。

社交的な彼にしては珍しく、まるでおばあさんの一言から逃げるように彼は後ろを向いて野菜の在庫整理を始めてしまう。おばあさんはそんな深谷の隣にいる利久にも「頑張って」と声を掛けたが、手際よく電卓を叩いていた利久がその一言をきっかけに「頑張ってね、利久くん。頑張らないとみんなに置いて行かれちゃうでしょ」と普段通りの独り言をスタートさせると、それ以上は何も言わず別のブースに行ってしまった。

「ありがと、利久先輩」

深谷が消え入りそうな小声で囁く。利久は深追いせず「大丈夫」と聞いているんだかいないんだか分からない生返事しかしなかったが、架月はどうしても今の一連の会話が不思議で仕方がなかった。

だから思わず、口を出してしまったのだ。

「ありがとうって言うべきなのは、今の場合はおばあさんに対してだったんじゃ？」

「……は？　何でだよ、絶対違うだろ」

珍しく深谷は吐き捨てるような口調で言った。

深谷が何かに怒っている姿を見たのは初めてで、架月はそれ以上は何も言えなかった。

＊＊＊

地域交流販売会が終わるとすぐに、七月上旬にある校外学習の事前準備に入る。

明星高等支援学校では一学年の人数が少ないため、校外学習は全校生徒が縦割りのグループを組んでいくつかのコースに分かれて一斉に行く。

水族館や動物園、歴史博物館、科学館の散策など様々なコースがある中で、架月が選んだのはラウンドワンのコースだった。自分で選んだわけではなく、深谷から「なあ架月、一緒にラウンドワン行かん？」と誘われたからだった。

「元々のコースにはなかったんだけど、ダメ元で佐伯先生にラウンドワン行きたいって相談したら『人数集められたらラウンドワンコースを新設してもいい』って言われてさ。農園芸班の先輩たちが何人かノってくれたんだけど、まだ人数が足りなくて」

「いいよ」

「ちょっと架月、あんたさっき由芽先輩と一緒に行こうって約束してたじゃん！」

たまたま隣にいた莉音に咎《とが》められて、そうだよと架月は頷く。

「だから由芽先輩もラウンドワンコースに入ればいいじゃん」

「農園芸班の先輩たちと由芽先輩って別に仲良くないじゃん！　架月がよくても他の人たちがよくないかもしれないんだから、勝手に決めちゃダメだよ」

「だ、ダメ？」

最後の単語だけ聞き取って慌てて深谷に尋ねたら、深谷はしれっと「いいよ、由芽先輩も一緒に行こう」と言ってくれた。深谷がいいよと言ってくれたのに、莉音はまだ不安そうな顔をしている。

「架月、純に迷惑かけないでね」
「かけないよ」
「ほんとかなぁ」
「ええ……？」
莉音に疑われるとだんだん自分も心配になってくる。鏡写しのように眉をハの字にしている二人の横で、深谷だけがあっけらかんと笑っていた。

こうして架月は由芽や深谷、そして農園芸班の数人の先輩たちと共にラウンドワンに行くことになった。

事前学習で驚いたのは、他の班は三年生の先輩がリーダーを務めているのに、ラウンドワンコースでは当然のように深谷がリーダーになったことだった。同じコースの先輩たちも何の反対もせずに深谷をリーダーに推すし、深谷自身もリーダーに任命されたことを何の負担にも思っていない様子で引き受けている。

『……どこが障害なの、あの子』

母親がぽろりと零《こぼ》した一言が、不意に脳内でリフレインした。

深谷純は架月がかつて在籍していた通常学級にいたとしても、難なくリーダーシップを取れそうなタイプである。誰かに自分の欠点を見せることもないから、たまにどうして特別支援学校にいるのか分からなくなる。

母親は深谷が実は一ヶ月ほど前にみんなのロッカーの荷物をぐちゃぐちゃに入れ替えた犯人だ

と知ったらどんな反応をするのだろうか。それだけで「やっぱり障害がある子なんだ」と納得されてもモヤモヤするし、「どこが障害なのかも分からないくらい能力が高いのに、周囲に対してそういう嫌がらせをするような性格の悪い子なんだ」と思われても嫌だ。

架月だって、入学した翌日に莉音に激怒されたときは、その場にいることが耐えられなくなって学校から逃げようとしてしまった。そのときは「逃げるしかない」と本気で思って体が動いたくらいに苦しかったのだ。

だから深谷にも、他人の荷物をぐちゃぐちゃにするしかないと思うくらい苦しいことがあったんだと思う。何でも出来るはずの深谷が、そうすることでしか逃げられないと思って体を動かしてしまうくらい追い詰められていたのだ。

——僕は着替えが遅いから先生がすぐにタイムタイマーを貸してくれたけど、深谷みたいになんでも出来る人だと誰にも何ももらえないから大変そうだな。

そんなことを一人でぼんやりと考えているうちに、事前学習はかなり進んでいた。自分の世界に入って考え事をしていた架月を現実に引き戻したのは、同じ教室で事前学習をしていた莉音の「あーっ！」という素《す》っ頓狂《とんきよう》な叫び声だった。

「利久先輩が模造紙に落書きしちゃった！　莉音がせっかく下書きしてたのに！」

「せっかく下書きしてたのにダメでしょ」

「ダメなのはそっちだよ！　どうして利久先輩が莉音に『ダメでしょ』って言うの？　逆だから！」

見ると、混乱していたのは水族館コースのメンバーだった。

床に模造紙を広げて水族館についての情報を下書きしていた莉音と、その隣でその模造紙にマジックペンでいつもの小説を写経している利久と、そんな二人の間に挟まれて「仲良くやろうよー」と困ったようにニコニコしている優花がいる。同じコースの他メンバーたちは、触らぬ神に祟りなしと言わんばかりにそんな三人から距離を置いて黙々と各自の作業に取り組んでいた。

そういえば莉音は、校外学習のコースが決まってからずっと「優花先輩と水族館に行くんだー」とご機嫌だった。てっきり大好きな女子の先輩たちと行くのかと思ったのだが、男女混合の班で行くのか。

「許してあげてよ、莉音ちゃん。利久先輩は真っ白な紙があると小説書いちゃうんだよ」

「真っ白じゃなくてピンクの模造紙ですけど！」

「そういう問題じゃなくてさ……ちょっと利久先輩、後輩が怒ってるよ。ちゃんと謝ってくださいよ」

優花が利久の手から無理やりペンを取り上げて謝罪を促すと、利久は特に逆らうことはせず「ごめんなさい」と優花に謝った。

「私じゃなくて、こっちの須田莉音さんに謝るんですよ」

「須田莉音さんにごめんなさいをしましょう」

「ほら、莉音ちゃん。利久先輩わざとじゃないのに謝ったんだから許してあげるよね」

「……いいよぉ」

莉音は怒るのも早いが、許してくれるのも早い。

テキパキと二人を仲直りさせた優花は、近くにいた佐伯に声を掛けた。

「佐伯先生、私たちコンピューター室に行ってもいいですか？　話し合いとアナログ作業だと、利久先輩がやることなくなっちゃって退屈で落書きしちゃう」

「コンピューター室は今、博物館コースと動物園コースが使ってるからなぁ。タブレット端末でよければ、何台か持ってくるけど」

「やったー最高！　よろしくお願いしまーす」

タブレット端末が導入されると、利久はすぐにオフィスアシスタント班で見せる立派な先輩の姿に切り替わった。優花に「運賃とか時間とか調べてください」とお願いされて、サクサクとタブレットを操作してプリントに料金や移動時間などを書き出し始める。莉音もその隣にぴったりとくっついて、さっきの苛々した顔はどこへやら興味津々で端末を覗き込んでいた。

「なあ、架月」

深谷に声を掛けられて、架月はハッと我に返る。

まずい、他の班の様子にばかり気を取られてしまっていた。

「ご、ごめん。僕、何やったらいい？」

「えーっと、とりあえず由芽先輩からタブレット取り返してもらってもいい？」

見ると、由芽が架月たちのコースに分け与えられたタブレット端末を独占してしまっていた。ウェブ検索で好きなアイドルを画像検索している。どう考えても校外学習の調べ物とは関係がない。

「由芽先輩、タブレット返してください！」

「ダメ！」

「だ、ダメじゃないですもん、今は僕が正しいはず」

奮闘している架月に「ごめんね」と手刀を切って、深谷は他の先輩たちとサクサクと作業を進めていく。

同じ一年生なのに、やってることが雲泥の差なのはなぜだ。

＊＊＊

校外学習の日、架月たちは制服ではなく私服で登校した。

校外学習では全校生徒が私服で来ることになっていて、朝のホームルームが終わるとすぐにチームごとに分かれて出発となる。

ラウンドワンコースは水族館コースと動物園コースと途中まで同じバスに乗ることになっていたので、三コースがまとまって同時に出発することになった。学校の最寄りバス停から市営バスに乗り込む。朝の通勤通学ラッシュを過ぎた時間帯なのでバスはそれなりに空《す》いていて、それぞれ座席に座ったり立っていたりと思い思いの場所に移動する。

架月は由芽と隣同士で、二人掛けの座席に座ることになった。その後ろには莉音と優花が座ってきて、ご機嫌な莉音に「ダブルデートだね」とよく分からないことを囁かれる。学校行事だからデートではないだろう。

「純もこっちおいでよー、先生と一緒はつまんないじゃん」

莉音がバスの前方で立っていた深谷に声を掛ける。引率の佐伯の隣にぴったりとくっついて立っていた深谷は、一瞬だけ困った顔をしたものの、すぐに笑顔を作って莉音に手招きされるがままに架月たちのもとへとやってきた。

「おいでって、席がないじゃんか」

「利久先輩の隣が空いてるよ」

莉音たちの後ろの座席に座っていた利久は、窓の外を見ながら独り言を呟いている。窓ガラスに映った自分に話しかけているみたいだ。

利久がこんなふうに一人で喋っているのはいつものことなのだが、話の内容は聞いたことがないものだった。

「これより大水槽〝いのちきらめくうみ Supported by 東北電力グループ〟にて、二万五千尾ものイワシが繰り広げるパフォーマンス『スパークリング・オブ・ライフ』が始まります」

利久の隣に遠慮がちに座った深谷が、その独白を聞きながら「何すか、それ」と呟いた。

「はるか昔からたくさんの生き物たちが集まる三陸の海は、この地に生きる人々にとってかけがえのない宝であり誇りでもある豊かな海です。生命力に満ちたマイワシの群れの躍動と、大海原を表現した音楽が織りなす、壮大な海の物語『スパークリング・オブ・ライフ』」

「ちょっと、利久先輩――」

「生き物たちは変わることを恐れず、環境に合わせて変化し、未来へ向かって力強く命を繋いでいきます」

「バスの中でお喋りしちゃダメ！」

由芽がぴしゃりと注意を飛ばし、莉音も「そうだよぉ」とそれに乗っかる。

「利久先輩、あんまりうるさくするとおかしい人だと思われちゃうよー」

莉音の率直すぎる小言に、深谷がギョッと目を剝いた。

絶句してしまった深谷とは対照的に、莉音の隣にいた優花はそんな小言を「あははっ」と平然と笑い飛ばす。

「分かってないなぁ莉音ちゃん、そこが利久先輩の面白いところなのに」

「莉音たちは利久先輩のこと知ってるから面白いって思えるけど、利久先輩のこと知らない人は変なのって思っちゃうじゃないですかぁ。利久先輩が変な人だと思われたら可哀想だもん」

「それは分かるー。でも普段から利久先輩と一緒にいる私たちが良いなぁって思ってるところが、利久先輩のこと何にも知らない人たちのせいで消えちゃうの悔しいなぁ」

話の中心にいる利久はといえば、自分がとやかく言われていることは気にしていない様子で窓ガラスに向かってひらひらと手を振っていた。外に誰かいるのかと覗いてみたが、別に何の変哲もない道路があるだけである。

「ねえ利久先輩、さっきのイワシの話って水族館のイワシショーのナレーションですか？」

優花が肩越しにそんな利久を振り返りながら尋ねると、利久はほとんど反射のような速度で「はい」と頷いた。

「よく覚えてんなー。私も利久先輩と一緒に同じの見てたけど、内容なんて全然覚えてないですよ」

「一緒に？」

いまいち繋がらない話に架月が首を傾げると、優花は得意そうににんまりと笑った。

「そう、私と利久先輩は同中《おなちゅう》なんだよ。うちらの中学校、支援学級で市内散策ってことで毎年水族館に行ってたの」

「いいなぁ！」

莉音がすかさず食いついて、それからはたと首をひねる。

「じゃあ利久先輩も寮生じゃなくて通学生でいいんじゃないの？　なんで優花先輩は通学生なの

に、利久先輩は寮生なの？」

「……莉音ちゃんがさっき答えを言ったじゃん、それは」

「え？　何が？」

一瞬だけ寂しそうな顔をした優花は、すぐにパッと普段通りの明るい笑顔に切り替えた。ポケットからスマホを取り出して「見て、莉音ちゃん。イワシショーってこれだよ」と水族館の情報を見せてやると、莉音の興味も利久からは逸れて「おお！　めっちゃ綺麗！」と目をキラキラさせてスマホ画面に食らいつく。

深谷はというと、普段はすぐに会話に交ざってくるはずなのに今日は黙って俯《うつむ》くばかりだった。

そんな深谷に対して、由芽が通路側へと身を乗り出して話しかける。

「純くん、音楽ダメ」

「え？　音楽？」

きょとんとした深谷は、しばらくしてから「ああ、これか」と自分の首元に引っかけていたヘッドホンを持ち上げた。無線のヘッドホンは今日ずっと彼の首にかかっていたが、引率の先生たちも何も注意はしてこない。しかし元々、学校に音楽プレイヤーを持ってくるのは禁止されているから、由芽は気になってしまったのだろう。

「これ、音楽聴くやつじゃないですよ。つけてみます？」

「みる！」

由芽が嬉しそうに両手を伸ばしてヘッドホンを受け取ったが、由芽の頭が小さすぎてヘッドホンはちゃんと嵌《は》められず座席にぽろりと落ちてしまう。

業を煮やした由芽が「架月ぃ」とヘッドホンを架月に押しつけてきた。

「えっと……何ですか？」

「架月に押さえててほしいんじゃねえの？」

「あ、なるほど」

深谷の方が先に正答を出した。

由芽の頭から落ちないようにヘッドホンを彼女の耳元に当てた状態で押さえてやると、由芽は「わぁ！」と嬉しそうな声を上げた。

「いいねぇ、これ」

「何がですか？」

「架月もやってみていいよ」

深谷から許可をもらったので、自分もヘッドホンを装着してみる。

すると、自分だけ水の中に潜ったように周囲の音が遠くなった。バスの低いエンジン音や、窓の外を走る車のタイヤが擦れる音などは完全に消えるのに、近くで盛り上がっている優花と莉音の話し声は変わらず耳に届く。

「これ、耳栓？」

「みたいなやつ。イヤーマフっていうんだけども」

深谷にイヤーマフを返すと、彼はそのままそれを首元に引っかけた。せっかく持ってきたのに使わないのか。

しばらくして、架月たちは目的地に到着した。

引率の佐伯が「降りるぞ」と車内にいる生徒たちに声を掛けた瞬間、深谷の表情が少しだけ強ばる。

バスが止まった。深谷の手が縋《すが》るようにイヤーマフを摑んで、それを耳に引っかけてしまう。前方にいた先輩たちが降り始めても、深谷は見えない聞こえないとでも言わんばかりに座席に座ったままだった。

どうしたんだろう。深谷に限って、自分のように先生からの指示を聞き逃したわけじゃあるまいに。

どうしたものかと困惑しきっていたら、おろおろと固まる架月に先んじて由芽が身を乗り出した。

「行くよ、純くん」

由芽にぴしゃりと言われて、深谷がようやくのろのろと立ち上がる。イヤーマフをつけていても周囲の声は聞こえるということは、さっき深谷からイヤーマフを貸してもらった時点で架月も由芽も知っていた。自分が無視されたと分かるような状況で、深谷は他人を無視したりしない。

「架月、先行って」

「え？　なんで？」

当惑して聞き返したら、立ち上がった深谷の今にも濡れそうな瞳がこちらをまっすぐに見つめていた。「お願い」と無声音で囁かれて、架月はそれ以上「なんで？」を重ねることを封じられてしまう。

深谷の前に立つと、シャツの背中を摑まれる感覚があった。

その握力で、深谷が縋るために自分を先に行かせたことを知る。

深谷はぴったりと架月の背中にくっつきながら、何とか料金を払ってバスを降りた。

「よし、リーダー。先頭で地図見て歩け」

佐伯に声掛けされて、今度こそ深谷は「はい」と返事して列の先頭へと躍り出た。すでにイヤーマフは肩に下ろされていて、その横顔もテキパキとみんなを先導する深谷純に戻っている。

なんだったんだろう、今の。

列の最後尾を由芽と一緒にのろのろ歩きながら、架月はついさっき投げられなかった質問を脳裏で反芻する。なんで、なんで、なんで、と同じ言葉がぐるぐると頭の中を回転するけれど、なんでの後に続く二の句を見つけることはできなかった。

――深谷が再び不穏になったのは、ラウンドワンの施設に到着したときだった。

ラウンドワンの施設に入る前に、一同は受付でチケットを購入することになる。受付にいたのは架月たちと年が近そうなスタッフさんだった。三年生の先輩から順番にチケットを購入していくが、ここまで先頭で道案内をしてくれていたはずの深谷は一向に受付に向かおうとしなかった。どんどん列を抜かされて、ついには最後尾にいた架月と由芽が並んでしまう。

深谷は受付から少し離れたところで、またしてもイヤーマフにしがみついてフリーズしてしまっていた。

「純くん、おいで」

由芽が深谷の腕を摑むと、彼が勢いよくその腕を振り払った。

びっくりして飛び退いた由芽がよろめいたので、架月は慌ててそれを抱き留めた。入場ゲート付近にいた佐伯が、その様子を見て慌ててこちらに駆けつけてきた。

「架月、由芽、先にチケット買ってて」

「……っ、はい。行きましょ、由芽先輩」

しかし由芽は、深谷と一緒でないと気が済まないようで「一緒に行かないとダメ！」と深谷に向かって声を荒らげる。

その途端、深谷の両手が拳の形になって勢いよく自分の太腿《ふともも》を殴りつけた。

佐伯がすかさずその両手首を摑んで、架月に「先に行って」ともう一度同じことを指示する。

架月は深谷の豹変に半泣きになりながらも、納得できない様子で怒っている由芽を半ば無理やり引きずってチケット売り場に向かった。ほとんど混乱していた架月も、憤然としている由芽も、どちらも売り場のスタッフさんとうまく会話することができなくて、結局は入場ゲートを先にくぐった三年生の先輩がわざわざ戻ってきてチケットを買うのを手伝ってくれた。

「なに深谷のこと怒らせてんだよ、由芽。また何か言ったの？」

代わりにチケットを買ってくれた先輩に尋ねられて、由芽が激昂して「言ってない！」と地団駄《じだんだ》を踏んだ。実際、由芽は何も悪いことはしていない。しかし由芽と付き合いが長い三年生の先輩ですら、「深谷が理由もなく怒るわけないだろ、何かまた余計なこと言った？」と由芽の側に非があると決めつけるような言い方をしている。

先輩たちと由芽の間に挟まって、架月は困惑して何も言えなくなってしまった。といっても架月に意見を求める先輩はいなくて、ギャンギャンと怒る由芽に対して「まあ由芽だし」「いつものことだよ」と先輩たちが呆れて笑い合っているという喧嘩未満の平和な構図なのだが、それでも由芽が疑われているのは居心地が悪い。

結局は彼女にかけられた疑いを晴らしてくれたのは架月ではなく、みんなよりも遅れてチケットを購入してきた深谷だった。

「遅れてすみませんでした、由芽先輩はなんも悪くないです。行きましょう」

佐伯と一緒にチケット売り場を離れた瞬間、深谷はいつもの優等生然とした好青年の態度に戻っていた。さっき思い切り太腿を殴りつけていた拳の五指は柔らかく解け、固く耳を塞《ふさ》いでいたイヤーマフも肩に下りている。

先輩に「大丈夫？」と聞かれ、深谷はすぐさま「はい」と頷いた。

それだけで、場の空気はすっかり元通りになった。

「よし、じゃあ行こうぜ」

「ボウリングやろ、ボウリング」

明星高等支援学校にいる先輩たちは、友人の不調に慣れている。さっきまで楽しく話していたはずの友達が、何かのきっかけで不機嫌になったり怒ったり、床に座り込んで動かなくなったりするのは日常茶飯事なのだ。

だから、深谷がさっきまで荒れていたとしても、今が大丈夫そうなら普通に受け入れる。「さっきどうしたの？」と理由を聞いて蒸し返す者もなく、楽しい日常の空気感を一瞬にして取り戻すことができる。

それでも架月は、黙ってはいられなかった。

先輩たちが空気を読んでいるのは分かるけど、どうしてもその質問だけは投げずにいられなかったのである。

聞きたいことが多すぎて、あらゆる質問が喉元から氾濫する寸前までせり上がる。その中でも、さっき一番ショックだった光景にまつわる質問が真っ先に唇から飛び出した。

「足、痛くない？」

「痛いけど、痛くないと我慢できない」

深谷がサラリとそんな返事を返してくるが、説明不足すぎて何も分からない。

架月は止まれない。

「我慢って何を？」

「嫌なこと」

「深谷は何が嫌なの？」

「……なんでそんなこと聞きたいの？」

「仲良くなりたいのに、気付かないうちに深谷の嫌なことをしちゃったら困るから」

「学校では絶対やらないから大丈夫だよ」

そういう意味ではない。学校であんなふうに騒がれたら迷惑だから聞き出したいのではなくて、ただ友達が嫌がることを知っておきたかったのだ。その違いが分からない深谷じゃなかろうに。

架月が困惑して押し黙った拍子《ひょうし》に、深谷はそっと視線を架月から離した。冷静な眼差しはそのまま仏頂面だった由芽へと移動する。

「由芽先輩、何やりたいですか？」

「もう知らないぃぃぃ」

「じゃあ卓球やりましょ、体育の授業でやったっしょ」

「……うん、上手だよ」

「え、いいの？　せっかく深谷と仲が良い先輩たちと来たのに」

架月は思わず、二人の会話を遮《さえぎ》ってしまった。

しかし深谷はケロリとしている。

「いいんだよ、由芽先輩をラウンドワンに来させたのは俺なんだから楽しんでもらわないとだし。

架月も一緒にやろうよ」

「う、うん」

深谷は予想通りというかさすがというか、卓球もかなり上手だった。

たとえば由芽の卓球は到底上手といえるものではなく、架月も体育は得意ではないから最初に架月とプレイをしたときは一度もラリーが続かなかった。しかし深谷が相手になると、急に由芽が球を打ち返せるようになってラリーが続いたのだ。

どうやら深谷は、相手の技巧に合わせて球を上げてやるということができるらしい。ただピンポン球を打ち返すだけではなく、なるべく山なりに打ち上げて球の速度がゆっくりになるように調整しているように見える。

「ね？　上手でしょ！」

ラリーが続き、由芽はご満悦で胸を張った。

さっきまで不機嫌だった由芽が、あっという間に笑顔になっている。ここまで由芽をおだてるのが上手な生徒はなかなかいない。架月だってしょっちゅう怒らせているのに。

大満足した由芽と一緒にボウリングに向かいながら、架月はそっと深谷に尋ねてみた。

「深谷はどうして特別支援学校に入ったの？」

なんてことはないただの質問だった。莉音にも聞いたことがあるから、怒らせることはないだろうと思ったのだ。

しかし架月は、その質問を口にした瞬間に腕に強い握力を感じた。

「……深谷？」

「何でだと思う？」

深谷が架月の腕をきつく摑んでいる。「痛いよ」と言うとすぐに放してもらえたけれど、彼の鋭い眼差しはまっすぐに架月を射貫いたままだった。

バスを降りるとき、あるいはチケットを購入するとき、深谷は今と同じ目をしていた。睨んでいるようにも見える鋭い視線だが、その眼光は瞳孔に張られた水の膜で濁って威圧感を欠いている。

「俺、なんで特別支援学校にいると思う?」

——聞いたのは僕なのに、なんで質問で返ってくるんだろう。

深谷はそういう変な会話をするような人ではない。彼の意図がいまいち分からないまま、架月はとりあえず投げられた質問に率直に答えた。

「分かんない、僕は深谷じゃないから」

深谷の瞳から、あまりにも呆気なく光が消えた。

「……そりゃそうだ」

彼は小さく笑って、ふっと視線を正面に戻す。その横顔は架月にはいつも通りの表情に見える。

＊＊＊

架月たちが学校に戻ると、一緒に出発したはずの水族館チームが先に戻っていた。

彼らは空き教室に集まって、まとめのプリントを記入していた。廊下を通りかかったときに、ちょうど莉音に見つかって「おーい!」と呼び止められる。

「おかえりぃ、架月。写真見せてあげる」

教室で待っていた莉音が、デジカメで撮った水族館の写真を嬉々として見せてくれる。大きな水槽やイルカショーの写真を見ながら、架月は尋ねた。

「イワシのパフォーマンス……『スパークリング・オブ・ライフ』は観られたの？」

「それがさぁ、利久先輩だけ観なかったんだよ！」

「え？　あんなに楽しみにしてたのに？」

「そうそう、あんなに言ってたのに！」

莉音が身を乗り出してくる。

「莉音たちが水族館に着いてすぐに『スパークリング・オブ・ライフ』の午前中のパフォーマンスが始まったんだけど、利久先輩どんどん先に行っちゃうんだよぉ！」

「えっと、イワシの大群がいる水槽ってすっごい大きくて、一階と二階のどっちからも観られるようになってるのね」

優花が口を挟んだ。

「一階は入り口近くの通路から観られるんだけど、二階にはパフォーマンスの観覧席があるの。利久先輩にとって『スパークリング・オブ・ライフ』を観るのって二階の観覧席で観るってことなんだよ、中学校の遠足では毎回そこで観てたから」

「でも二階の席って、水族館をぐるーっと一周しないと行けないんだよ？　だから一階で立って観ようって言ったのに、利久先輩さっさと一人で先に行っちゃうんだもん」

「座って観ます」

こちらを知らんぷりしてプリントに書き込みをしていた利久が、不意にそんなことを呟いた。

「結局観なかったじゃーん、変な利久先輩」

「ねー、午後のパフォーマンスはうちらが帰る時間帯だったから観られなかったしね」

女子二人のやり取りを見ていた深谷が、横からひょいっと身を乗り出して「須田ちゃん、俺にも写真見せて」とねだった。

「いいよ、純も見て見て」

「あんがと。へー、綺麗に撮れてるじゃん。すごいね」

「莉音が撮ったの！　カメラ係だから」

「利久先輩のピース、みんなと逆なんだね。全部の写真でカメラに手の甲向けてる」

「あ、ほんとだ。気付かなかった」

ラウンドワンコースもそのまま教室に合流して、まとめのプリントの記入に取りかかる。

「楽しかったね、校外学習」

莉音にそう言われて、架月は迷いなく首肯する。楽しかった。中学時代までは学校行事はお客さんとして参加している気分で、事前の話し合いにも交ざれずにぼんやりしていたらいつの間にか全て決まっていたし、当日も周りのクラスメイトたちに「青崎くん、こっちだよ。来て」と言われてついていくだけだったので、友達と一緒に活動したという実感はほとんどなかった。修学旅行でも、架月は自分がどこに行ったのかいまいち覚えておらず、事後作文が全く書けなかったくらいなのだ。

しかし今日は、全然違う。

自分がずっと、班の一員としてその場にいたという実感がある。

──それもこれも、深谷に誘ってもらったからだな。

ありがとうって言っておこうかなと深谷の方を見たら、彼の方が先に架月のことを見ていたようでそのままばっちり目が合ってしまった。

不意打ちで他人と目が合うことは苦手なので、慌てて逸らしてしまう。

「架月、今日ありがとな」

「え？」

まさかそちらから感謝されるとは思わなくて、背けた眼差しをすぐに彼へと戻した。

「俺の知り合いの先輩ばっか集めた班だったから、架月が気まずくなっちゃうかなと思ったんだけど……架月が入ってくれて助かった、人数が集まってちゃんとグループになれたし」

「僕は由芽先輩がいたし、先輩がどうとかっていうのは全然気にしてなかったよ。えっと、こちらこそ誘ってくれてありがとう」

「うん」

深谷はほのかに笑って、そのまま仲の良い先輩たちの輪の中に入っていく。

——今のは、うまく喋れたかもしれない。

自分にとっては珍しい成功体験をして、架月は胸と一緒に体が躍りそうになるのを堪《こら》えながらラウンドワンコースの中に合流した。


そんな深谷純が失踪したのは、翌週の月曜日のことだった。

＊＊＊

月曜日の朝、深谷と同じ電車通学組である優花が架月たちの教室に訪れた。

「ねぇ先生、今日深谷くん遅れてくるって」

登校した彼女は、架月たちの教室にやってきて教卓横でギターの練習をしていた木瀬に尋ねた。

珍しい来訪者に教室にいたクラスメイト——男子生徒だけではなく莉音も——はワッと沸き立つ。木瀬は唐突な質問にきょとんとした。

「遅れる？　何で？」

「何でかは知らないけどぉ。駅についてから、ちょっと遅れるから先行っててって言われたよ。トイレじゃないの？」

「純、遅刻するの？　珍しいね」

莉音が架月に囁いてくる。

愛しの優花先輩に飛びつくよりも架月の方を優先したということは、それほど彼女にとっても深谷が遅刻するというのが気掛かりなことだったのだろう。

架月も同じ感想だったので「そうだね」と相槌を打った。

そのうち優花が「お邪魔しましたー」と教室から出て行き、架月と莉音も朝学習のプリントを始める。いつも朝学習のプリントは深谷が誰よりも先に取り組んでいる。だから朝の時間は、彼の不在がやけに際立つ。

遅れてきたら、朝学習のプリントを解く時間がなくなってしまうだろう。もし深谷が来たら自分のプリントを見せてあげようと思いながら、架月はすらすらと漢字のマスを埋めていく。

しかし結局、一時間目が始まる時間になっても深谷純は登校しなかった。

＊＊＊

「捜索に出てくれた先生方から連絡がありました！」

職員室に木瀬の声が響くと、その場にいた教師陣が息を呑んで彼の方を振り返った。

木瀬は、今し方電話口で聞いた話を伝えるべく声を張り上げる。

「東仙台《ひがしせんだい》駅には深谷はいないそうです。通学路も探してるけど、今のところ姿は見えないと」

「……っ、くそ」

悪態をついたのは佐伯だった。

「やられた、完全に逃げられた」

張り詰めた空気の職員室で、木瀬は口早に説明する。

「深谷は家の最寄りの塩釜《しおがま》駅までお母さんに車で送迎してもらって、そこから東北本線で学校最寄りの東仙台駅まで来ています。しかし、一緒に乗っていた優花と別れてから消息不明となっています。他の電車通学生にも確認しましたが、優花と別れてからの深谷を見た生徒はいないそうです。万が一、自宅方面に戻っていたときのために、深谷の親御さんに連絡して現在自宅周辺を探してもらっています」

「深谷は定期以外に金を持ってるのか？」

そう尋ねたのは、教務主任の隣で木瀬の話に聞き入っていた藤原だった。

「深谷が持っている定期券は、塩釜駅から東仙台駅までの区間定期券だ。もし深谷が現金を持っていないとしたら、定期の区間内を彷徨《うろつ》いてるんじゃないか？」

「それが深谷のお母さんが、非常用に財布の中に二千円だけ入れてやってるそうです。深谷は現金での買い物が苦手で自分から財布のお金には手をつけようとしないので、非常用のお金はそのまま財布に入っているはずだとか」

「現金が苦手なのに、現金で電車の切符なんて買えるかしら？」

ホワイトボードを眺めていた結城が、声を上げる。

「あの子、初めてのことが苦手――というより、自分が出来ない姿を晒《さら》すのが嫌だから初めてのことにぶっつけ本番で取り組むの嫌がるでしょう？　普段は定期を使ってるとしたら、現金で切符を買う経験なんてしないから、もし初めての経験だったら躊躇《ためら》って避けるんじゃないかなぁ」

「それがお母さん曰く、春休みにデイサービスの外出支援で切符の買い方を教わったそうです」

「あーそっか、それなら乗れちゃうなぁ……深谷くんなら一回教えてもらえれば覚えちゃうもんね」

「バスの乗り方なんて、先週の校外学習で実践したばっかりだもんな。学習したことを即座に実践するなんて、なんて優秀な奴」

佐伯が低い声で唸ると、木瀬も「本当ですよ」と途方に暮れた顔で同意する。

「駅の近くにいたらいいですけど、公共交通機関に乗られたら追えませんよ」

「深谷がどこまで本気で逃げてるのかも分からないしな」

職員室が喧噪に満ちている中、不意にデスクの電話が鳴り響いた。

液晶に表示された電話番号を見て、目を剝いた木瀬が「取ります！」と叫んで受話器を取り上げる。

「はい、もしもし。木瀬です。お母さん、どうしましたか？」

騒がしかった職員室がシンと静まり返る。電話の相手は深谷の母親だ。

木瀬の表情が、みるみる強張っていく。

通話を終えると、木瀬はすぐに職員室にいた教員たちに情報を共有した。

「ちょっとまずい知らせです。お母さんが深谷の部屋を見たら、『月曜日の服』がなくなっていたそうです。深谷は曜日ごとに私服の組み合わせをカチッと決めているらしいんですけど、月曜日……今日着ることにしていた服が部屋に見当たらないと。おそらく、どこかで私服に着替えるつもりで服を持って行ったんじゃないかとのことでした」

「えっめちゃくちゃ困るじゃないですか、それ！」

小寺が困惑の声を上げる。

「うちの制服を脱いだら、周りの人は深谷くんが特別支援学校の生徒だって絶対に分からないですよ。今どき、高校生くらいの子が平日に私服で出歩いてるのなんて珍しくないじゃないですか」

深谷らしいな、と佐伯が呟いた。

「自分で分かってるんだな、制服さえ脱げば外の世界に埋没できるって」

淡々とした言葉は、木瀬の耳には切実な響きとして届いてしまう。

私服で街を歩いている深谷は、きっと見た目だけでは障害があると誰にも気付いてもらえない。自分から声をあげないと、誰からも助けてもらえない。

電話越しに、深谷の母親は『なんでこんなことするんでしょうね』と震える声を絞り出していた。

『うちの子、障害があることを本人が隠そうと思えば隠せちゃうんです。本当はお金の計算もろくにできないような子なのに、どうしてこういう知恵ばっかり回るんだろう』

おそらく深谷は、お金の計算や漢字の書き取りと同じように、誰にも助けを求めずにやりすごすという方法を今までの経験から誤学習してしまったのだ。そうやって生きることの方が、彼にとって自然になるぐらいに。

一校時目の予鈴が鳴る。

それまでじっと木瀬の話を聞いていた教頭が、鋭く指示を出した。

「午前中の授業は自習。捜索に行ける教員で、いくつかのグループに分かれて深谷の家の周りと駅周辺、学校周辺を探そう」

職員室にいた教員たちが一斉に腰を上げた。

＊＊＊

一時間目が急に自習となり、架月たちは教室でプリント学習に取り組むことになった。いつもは自習であっても監督する先生が教室につくのに、今日は隣のクラスの担任がプリントを配布しに来ただけで教室には生徒のみが残されている。

教師の目がない自習なので、みんなすぐに飽きて雑談をしたり本を読んだりしてしまっている。架月は指示されたことに背くというのが上手にできないので、律儀《りちぎ》に漢字のプリントに取り組んでいた。

そんなとき、不意に背中を叩かれた。

びっくりして振り返ると、そこには莉音が立っていた。他の子たちも勝手に席を立って好きな友達と喋ったりしてはいるのだが、莉音の表情は暗く凍り付いている。

「どうしよう架月、純がいなくなっちゃったよ」

莉音から投げかけられた言葉が、脳内でうまく嚙み砕けずに空虚な反響をもたらした。

「……いなくなったって、どういうこと？」

「さっき優花先輩が、電車を降りてから純と別れたときのこといっぱい聞かれてたんだって」

架月がやっていたプリントを取り上げて、莉音は今にも泣き出しそうな目で訴える。

「純が迷子になんてなるわけないもんね、きっと自分で逃げちゃったんだよね。どうしていなくなっちゃったんだろ、学校に来たくなかったのかなぁ？　架月は何か知らない？」

「何かって、たとえば？」

「なんでもいいんだよ。学校のことで、純から何か言われたりしなかった？」

『深谷はどうして特別支援学校に入ったの？』

なんでもいいと言われて脳裏を蘇ったのは、先日の校外学習で尋ねた一言と、それをぶつけられたときの深谷の昏い瞳だった。

『俺、どうして特別支援学校にいると思う？』

『分かんない、僕は深谷じゃないから』

「架月ってば！」

莉音の焦れた声に回想を遮られる。

何か答えないと。莉音に凝視されて、焦った架月は今し方考えていたことをそのまま口にしてしまった。

「僕、深谷にどうしてうちの学校に入ったのかって聞いたことあるよ。前に莉音さんに聞いたのと同じ感じで。そしたら、どうして特別支援学校にいると思う？って聞き返された」

「架月はなんて言ったの？」

「僕は深谷じゃないから分かんないって」

「なんでそんなこと言うの」

くしゃっと歪んだ莉音の顔が、あのときの深谷の表情と重なる。

今更になって、あれが悲しい顔だったことに気がついた。

「だ、だって、他の人の考えてることは分かんないじゃん。僕は間違ったことは言ってない」

「でも純は、架月にも一緒に考えてほしかったからそう聞いたんじゃないの？　答えを見つけるのを手伝ってほしかったのに、分かんないって言われちゃったら悲しいよ」

「なんで深谷が僕にそんなこと聞くわけ？」

「だって架月は頭がいいでしょ？　架月を頼るの、当たり前じゃん！」

一瞬だけ呼吸が止まった。

まるで太陽が昇る方角を答えるかのように、迷いなく断言されてしまった。

「……そんなこと生まれて初めて言われた」

「そうなの？　だとしたら、みんな見る目がないんだね」

ああそうか、と腑《ふ》に落ちる。

深谷は僕のことを頼ってくれたのに、僕はそんな深谷を突き放してしまったのか。

友達になりたいと自分から頼んだくせに、いざ自分が頼られたら突き放した。

「……うわぁ」

思わず、声が漏れてしまう。

深谷が学校に来たくない理由の心当たりが見つかってしまった。

ぎゅっと力強く両手を握りしめられて、ハッとして顔を上げる。手を掴んでいたのは莉音だった。彼女の大きな瞳は不安そうな半月形に潰れていて、いつもキラキラと輝いている瞳が今日は涙に濡れている。

「お願い架月、純の居場所を探してよ。純がこのままいなくなったら嫌だもん」

——僕も嫌だ。

架月が頷くと、莉音は救われたような顔をした。

「行こ、架月。あんたが得意なやつをやるよ」

「と、得意なやつ？」

「いつもやってるじゃん！　何か分からないことがあるたびに、色々な人に話しかけてるでしょ？」

「聞き込み調査のこと？」

「そう、それ！」

莉音に力強く腕を引っ張られて、架月は引き上げられるように椅子から立ち上がってしまった。他の生徒に「何してんだよ」と咎めるような声を掛けられるが、莉音は「うるさい！」と注意をしてきたクラスメイトに対して一喝する。

クラスメイトたちがサッと表情を強ばらせたのを見て、架月はたじろいだ。しかし莉音は止まらない。深谷純を探すというただ一つの目的しか見えていないかのごとく、架月を廊下にまで引っ張っていった。

「さあ、誰に聞きに行く？　架月はどうせ授業をサボるの無理でしょ、だから莉音が無理やり引っ張って架月が行きたい場所に連れて行ってあげる！」

「……た」

「なに？　なんか文句ある？」

「いや、あの……頼もしいなと思って……」

この期に及んで、自分は誰かに引っ張ってもらっている。

莉音に「いいから早く」と急かされて、架月は心を決めた。自分の意志で歩を進めて教室から遠ざかり、莉音の隣に並び立つ。

引っ張らなくても動くようになった架月を見て、莉音が驚いたようにぱちくりと目を瞬《また》かせた。

「行こう、莉音さん。最初に優花先輩に話を聞きに行きたいから、莉音さんに取り次いでもらいたい」

「取り次ぐって何？　何したらいいわけ？」

「えっと、今お話してもいいですか？って聞くの」

「分かった！　任せてよ」

架月が自分で歩くようになっても、莉音は手を離さなかった。


階段を上がって二年生の教室まで行くと、やはりそこにも教師の姿はなかった。それでも架月と莉音は誰かに咎められることを警戒して、中腰になってこそこそと隠れながら優花のクラスへと近づいていく。

優花は扉付近の席にいた。机に突っ伏して眠っていた彼女に、莉音が廊下から「優花せんぱいっ」と小声で声を掛けると、彼女はポニーテールを振り乱してパッと顔を上げる。

「びっ……くりしたぁ……。え、何やってんの二人とも。授業中でしょ」

「優花先輩も寝てたでしょぉ？」

「寝てないもん」

優花が唇を尖らせる。いつも笑顔の彼女らしくない不機嫌そうな態度に戸惑ってしまうが、莉音は何も気にしていない様子で畳み掛けた。

「ねえ優花先輩、純のことでお話聞かせてください。莉音たち、純を探してあげたいの」

「へぇ、先生たちみたいなことしてるね」

「先生たちも探してるんですか？」

「そうだよ。だから先生たちに任せておけばいいじゃない」

莉音がぱちくりと目を瞬かせた。普段の優花ならなんでも二つ返事で乗ってくれるはずなのに、今日はやけに腰が重い。

「てか深谷くん、なんで逃げちゃったわけ？　私のこと騙してさぁ」

優花の問いかけで、ようやく架月は彼女が何に怒っているのか察することができた。

——そうか、優花は深谷に逃げられた側なのだ。

後から来るものと信じて先に学校に来たのに、そのまま深谷は逃げてしまった。学校に到着しても深谷は来なくて、先生たちから色々と話を聞かれて、それでも自分の証言は役に立たなくて、無力感の中で不貞寝《ふてね》していたのかも。

莉音が困ったようにこちらを見つめてくる。ここで優花の協力を得られないのはまずい。

深谷は悪くない。彼は優花を困らせたくて逃げたわけではない。

そのことを伝えたくて、架月は口早に言った。

「僕が深谷に意地悪したかもしれないんです」

莉音が絶句した。

そんな莉音の隣で優花もきょとんとしていたが、彼女はややあって弾けるような笑い声を漏らす。

「いいねぇ、架月くん。青春してんじゃん」

「……はい？」

青春などという摑み所がない部分を褒められても困る。困惑していると、機嫌を直したらしい優花にポンポンと肩を叩かれた。

「仕方ないなあ。いいよ、協力してあげる。私は何を教えてあげればいいのかな？」

「優花先輩が、深谷と別れたときの状況を知りたいです」

「おっ、了解」

優花はほっそりとした顎に人差し指を押し当てて、流暢《りゅうちょう》に語り始めた。

「私はいつも国府多賀城《こくふたがのじょう》駅から電車に乗るんだけど、深谷くんはその一個前の塩釜駅から乗ってるの。いつも私を探して隣に来てくれるんだけど、今朝は来なかったんだよね。だから私の方から深谷くんのこと探して、一緒に東仙台駅まで来たんだけど、降りたら先に行っててって言われちゃってさぁ」

「え、純と付き合ってるんですか？」

莉音がそんなことをサラリと言ってきた。突然の質問にきょとんとしているのは架月のみで、優花は「莉音ちゃん、絶対そう言うと思った」と呆れたように苦笑している。

「そうじゃないよ、たまたま同じ電車に乗ってるだけ。でも、私が知ってる情報ってこれだけだよ？　深谷くんが行きそうな場所の心当たりもないし」

「電車通学の人たちって、定期券ですよね？」

「え？　うん、そうだよ。架月くんたちバス通学組もそうでしょ？」

「はい。だから僕は定期以外のお金は持たずに学校に来てて、決められた区間以外に行こうとしたら無賃乗車になっちゃうんですけど、深谷は自分でお金は持っていたんでしょうか？」

「それは持ってた！　深谷くん、財布に二千円だけ入れてるんだよ。先週、帰りにすっごい雨が降ってきたとき、深谷くんは傘を持ってたんだけど私は忘れてきちゃっててさぁ。深谷くんが自分の傘を貸すって言ってくれたんだけど『君も困るでしょ』って断ったら、『これでコンビニで傘買いますか？』って二千円くれたの。親が緊急用に持たせてくれてるんだって」

「えっ優花先輩、そのお金もらったんですか？」

「もらうわけないでしょ！　緊急用ってのは君のために使えってことだよって言ったら、ピンときてない顔してたけど。とにかく、深谷くんは財布に二千円だけは入れてるっぽい。ちっちゃい財布に、このぐらいのチャック付きの袋が入ってて、その中にお札がぎゅっと折って入れてあったよ。それ以外はカードも小銭も入ってなかった」

「じゃあ深谷の行動範囲は運賃二千円以内ですね」

「それってどのくらい？」

「調べないと分からないよ」

「じゃあ、どうやって調べるの？」

莉音に尋ねられたが、架月もいまいちピンとこない。

そのとき、ちょうど授業終了のチャイムが鳴った。その音を聞いて、優花が晴れやかに破顔する。

「おっ、良いタイミング。助っ人を増やそうか、架月くん」

「助っ人？」

「そう。そういうのが得意な人には心当たりがあるんだけど、授業中は絶対に協力してくれないからさぁ。ほら、早く行くよ」

今度は優花が先導役になった。彼女は溌剌《はつらつ》とした笑顔のまま、まるでゲームのお助けキャラのように架月に次なるミッションを言い渡す。

「利久先輩に会いに行こう」


休み時間になると廊下はとたんに騒がしくなり、喧噪に紛れて架月たちは三年生の教室へと一目散に向かっていく。

利久が所属している三年二組の教室に入ると、即座に甲高い声が三人の耳を貫いた。

「他の学年の教室に入って来ちゃダメ！」

声の主は由芽だった。架月にとって由芽から注意されることは日常茶飯事なのだが、優花が「うげぇ」と露骨に嫌そうな顔をしたのが意外だった。

「そっかぁ、このクラスって由芽ちゃん先輩もいるじゃん。絶対に先生にチクられるわ」

「しないでしょ！」

「しないの？　本当かなぁ」

優花は由芽に少しだけ冷たい……というか、煙たそうにしている。由芽はそれでも果敢に優花に向かってこようとするが、優花の後ろに架月の姿があることに気が付いてパッと立ち止まった。

「……浮気しないでっ！」

「へ？　な、なんですか？」

「気にしないで、架月くん。ただのヤキモチでしょ」

さらりと言い捨てて、優花は躊躇《ちゅうちょ》なく教室を闊歩《かっぽ》して横切る。優花の無作法を咎める者は由芽以外にはいなくて、架月たちもそんな優花の虎の威を借りて窓際にある利久の席にまで難なく辿り着けてしまう。

利久はとっくに解き終わった数学のプリントの裏にいつもの小説を書いていて、教室にいる誰もがチラチラと架月たちを盗み見ている中、ただ一人だけ机に目を落としたまま動じていない人となっていた。

「お邪魔します、利久先輩」

優花に声を掛けられて、ようやく利久はその怜悧《れいり》な瞳を持ち上げる。

「ファミレスの名前は何?」

「今そんな話してる場合じゃないんですってばー」

「サイゼリヤ、ガスト、ココス、デニーズ、ロイヤルホスト、ジョイフル、バーミヤン、さわやか、やよい軒? 静岡県にあるのはさわやかです」

「あっ、質問省《はぶ》いてくれた! さっすが利久先輩、話が分かるんだから」

優花の喜ぶ声を聞いて、架月も少し遅れて利久がこちらに気を遣ってくれたことに気が付いた。

「ありがとうございます」と頭を下げると「ありがとう利久くん」といつもの微妙に嚙み合わない返事が返ってきたけれど、返事をしてくれるということは架月の言葉をちゃんと聞いてくれているということである。

「あの、利久先輩。僕たち、ちょっと協力してほしいことがあるんです。今、お時間よろしいですか?」

「はい」

利久が頷くや否や、莉音が「やったぁ！」と喜んで利久の腕を取った。

「あっちの空き教室でお話しよ、利久先輩！　内緒のお話なの！」

「腕をぎゅーってしないよ、よくないよ利久くん、やめて」

「今、ぎゅーってしてるのは莉音だよ？　どうして自分を怒ってるの？」

莉音の問いかけに答えたのは、利久ではなく優花だった。

「小学校のとき、自分が先生にそうやって怒られてたからそう言うんじゃないかな。利久先輩、めっちゃ昔のことずっと覚えてるから」

「えー、嫌なことは忘れちゃおうよぉ。ほら利久先輩、立って立って」

利久は不満そうな呻《うな》り声を上げてから、渋々といった具合で莉音に引きずられながら席を立った。教室を出るのが嫌だという本音を表明するように「よくないよ、利久くん」と再び呟いたものの、言葉通りの意味に受け取った莉音に「利久先輩は悪くないよっ」と封じられて押し黙ってしまう。

一連の様子を蚊帳《かや》の外で見ていた由芽が、「待って！」と慌てて架月たち一行を追いかけてくる。空き教室まで追ってこられて、優花が露骨に嫌そうな顔をした。

「由芽ちゃん先輩がいたら先生に全部バレちゃうじゃん」

「で、でも、協力者は一人でも多い方がいいので……」

「ふぅん？　まあ、架月くんがいいならいいけどさ」

本当は協力者の数は理由ではなく、ただ単に由芽が弾かれるのは可哀想だと思っただけなのだが。

「ありがとっ、架月！」

由芽はとたんにご機嫌になって、ちょこんっと架月の隣に身を寄せた。

不満そうな利久はといえば、空き教室に入ってからふらふらと窓際に寄ってガラスに映る自分とお喋りを始めてしまっていた。内容はいつものハリー・ポッターである。誰かが何か毒のようなものを無理やり飲まされて苦しんでいるみたいな場面を暗唱している。ちょっと怖い。

「えっと……利久先輩、実はうちのクラスの深谷がいなくなっちゃったんです。東仙台駅についてから行方が分からなくて、今先生たちが探しています」

「でも莉音たち、先生たちよりも早く純の居場所に気付いてあげたいの。だから利久先輩もお手伝いしてよぉ」

利久は何も反応しない。窓ガラスを凝視しながら暗唱を続けている。

――無理やり連れてきたから、怒らせただろうか。

「お返事しないとダメだよ、利久」

「はい」

由芽の注意によって生返事だけが返ってきたのを見て、架月と莉音は不安で顔を見合わせてしまう。その隣で、優花が「くふふ」と不敵に笑った。

「だぁいじょうぶ、利久先輩が食いつくアイテムはちゃんと持ってるから」

そう言うや否やブレザージャケットの懐に手を入れて、そのアイテムを引き出す。彼女が「はいっ」と得意げに五指を開くと、掌《てのひら》の上に乗っていたスマートフォンが目に入る。透明のケースにアイドルのトレカが入っているスマホで、明らかに優花の私物だった。

生徒は学校にいる間は、スマホの電源を切って担任に預けておかなければならない。今、優花がスマホを持っているのは明らかに校則違反だ。

「スマホ、ダメでしょ！」

すかさず由芽が声を上げたが、優花は飄々《ひょうひょう》とした調子で「ダメじゃないし」と言い返す。

「だって深谷くんから何か連絡が来るかもしれないじゃん。だから先生に『今日、スマホ家に忘れちゃった』って言って預けなかったの。まぁ深谷くんから連絡はまだ来てないんだけど、こういう展開になるなら持っててよかったでしょ？　ダメじゃなくてファインプレイだもん」

「ファンプレ、違う！」

「ファインプレイ、ね。はい、利久先輩。これで調べてほしいことがあるの」

ロックが解除されたスマホを渡されると、利久のお喋りはピタリと止まった。

優花に促すように肩を押され、架月は慌てて思考を巡らせる。

「えっと……深谷が行きそうな場所を調べればいいんですよね？　東仙台駅から二千円でどこに行けますか？」

優花が「待ってよ」と口を挟む。

「学校から逃げるってことは、学校からなるべく遠くに行くってことでしょ？　だったら、深谷くんが乗ってくる塩釜駅まで定期で戻っちゃって、そこから二千円でもっと遠くに行ったほうが離れられるんじゃない？」

「あ、そっか。利久先輩、じゃあ塩釜駅から出てる電車とバスを調べてほしいです」

利久の指が迷いなく動いて、ネットの海から情報を探す。

「ＪＲ東北本線、ＪＲ仙石線、ミヤコーバス、しおナビバス」

「東北本線って私と深谷くんが定期持ってる電車だよ。うちらの定期ってどこからどこまで乗れるか決まってるけど、この定期で乗って東仙台より先の駅で降りたりできるの？」

「差額を払いましょう、無賃乗車しません」

「さがく？」

優花がいまいちピンときていない様子で首を傾げる。

その反応を見て、莉音が溜息を吐いた。

「もう二年も定期券を使ってる優花先輩が知らないこと、今年から定期券で電車通学になった純が知ってるわけないじゃん。莉音だったらいくら学校から逃げてるときでも、捕まったらヤバいから無賃乗車になりそうなことはしないもん」

「うーん？」

架月は首をかしげ、それからふと気が付いた。

「利久先輩、どうやって今の路線を調べたんですか？」

「どうやって調べたんですか」

「えーっと……あっ、そうだ。スマホ貸してください、履歴見てもいいですか」

「ダメぇ！」

慌てて声を上げたのは、利久ではなく優花だった。

「絶対にダメ！　利久先輩、私に返してください！」

「ちゃんと返そうね、独り占めしないよ利久くん」

利久からスマホを返してもらって、優花が大きく息を吐き出す。

「やめてよぉ、架月くん……君がびっくりするようなもん出てきたらどうするの……」

「びっくりするものってなんですか？」

「言うわけないでしょ。えっと、利久先輩が開いたサイトを見ればいいわけね？　ってことは、昨日までの履歴を消しちゃえばいいのか。待ってて……はい、オッケー。どうぞ」

「見ちゃダメなんじゃなかったんですか？」

「わざと言ってるの？　私のこと煽ってる？」

慌てて架月が首を横に振る。それと同時に、莉音が「違いますよぉ」と援護射撃をしてくれた。

「架月はわざと煽れるほど空気が読めないもんねー」

「そ、そうです」

「架月くん、今君が煽られてるんだよ」

「ちーがーいーまーす、莉音は架月のこと庇ってあげてんの」

架月もその通りだと思ったので、コクコクと首を縦に動かす。優花は不思議そうに首を傾げて、昨日までの履歴を消したというスマホを差し出してくれる。

今日の分の履歴に表示されていたのは、公共交通機関の時刻表と運賃表がまとめて掲載されているサイトだった。

「すごいねえ、利久先輩」

莉音が両手を胸の前で合わせる。

「こないだの校外学習でも、調べるの全部やってくれたもんね。利久先輩は電車でどこにでも行けちゃうねー」

「……全部？」

「そうだよ。水族館コースの運賃も利久先輩が調べてくれたんだけど、ラウンドワンのコースも純が運賃調べるの難しくて困ってたから利久先輩が手伝ったんだよ。架月は調べ学習のとき、ずっと由芽先輩とぼーっとしてたから気付かなかったかもだけどさ」

「えっ、待ってよ」

その情報は初耳だ。もちろんぼーっとして見逃していた自分が悪いのだが、莉音がさらりと投げてくれた情報はとうてい看過できない。

「校外学習のルート調べもできない深谷が、東仙台駅からにせよ塩釜駅からにせよ自力で運賃を計算して二千円以内で行ける場所を探すなんて無理じゃないの？」

「無理って言っちゃダメ！」

ついさっきまで皆の話をぽかーんとして聞き流していた由芽が、今までで一番鋭い声音の「ダメ」を発した。

怒られた瞬間、自分の失言に気が付いて肌が粟立つ。

凍り付いてしまった架月の横から、莉音が困惑した表情で由芽に話しかける。

「架月のこと怒らないであげてよ、由芽先輩。架月は悪いと思って言ってないんだよ？」

「いや……悪いとは思ってないけど、それでも怒ってはほしい」

「えー、強くなったねぇ。四月は莉音に怒られてメソメソしてたのに」

その経験だって、今や架月の中では由芽と出会うきっかけとなった良い思い出となっている。

架月は自分で凍らせてしまった場を取りなすために、由芽にお礼を言ったあとにその場にいたみんなに「失礼しました」と謝った。「いいよ」がほしいだけの謝罪ではなく、心の底から申し訳ないと思ったから出てきた一言だった。

うっかり意地悪ともとれる言い方で表出してしまった気付きを、どうにか深谷への信頼で上書きしようと翻訳し直す。

「あの、つまり……利久先輩みたいにすらすらと運賃を計算して、自分が行ける場所を探すのって難しいです。目的地が決まっていて、そこまでの運賃を調べるよりもよっぽど大変だと思います。僕もどうやって調べればいいか分からなかったし、それに……深谷はあんまり、そういうのが得意な方じゃないと思いま――いや、違うな」

深谷は朝学習のプリントやアナログ時計の読み方にも苦戦している。明星高等支援学校の朝学習で使っているプリントは小学生で習う内容のものだが、それでも深谷は時間をかけて解いているのに全然進まない。

しかし実際のところ、そんなことは欠点でも何でもない。アナログ時計が読めなくても深谷は絶対に授業に遅刻しないし、数学の計算ができなくても先生やクラスメイトたちから信頼されている人気者だ。

深谷が苦手なのは数字ではない。

「深谷は自分ができないことが誰かにバレるのが苦手だから、わざわざ自分が苦手なことを進んでやらないと思うんです」

アナログ時計が読めないことくらい誰も気にしないのに、深谷はそれをずっと隠していた。計算ができなくても誰からの異論もなくラウンドワンコースのリーダーに選出されたのに、チケットが買えなくて地団駄を踏んでも先輩たちに受け入れられていたのに、深谷は絶対に前もって誰かに助けを求めるようなことはしない。

計算が苦手ですと言えば、利久ではなく周りの先輩たちが助けてくれたはずなのだ。

チケットを買うときだって、自分の太腿を殴りつけるぐらいなら代わりに誰かに買ってもらってもよかったのに。それでも深谷は結局、何が嫌なのか架月には一言も言わなかった。

「深谷は、自分には出来ないんじゃないかと思ったことは絶対にやらないと思うんです。怖いものがある学校の外では尚更です」

「怖いもの?」

首を傾げた莉音に、架月は「そう」と返事を返す。

「深谷には怖いものがあるんだって。校外学習で、バスを降りるときとチケットを買うときに深谷は何かを怖がってたの。でも、その正体は教えてもらえなかった。学校にいる間は大丈夫だからって」

「その怖いものってなんなんだろ、ヒントになりそうだけど」

莉音は顎に手を当てて、難しい顔で思案に沈む。

「莉音は犬が怖いから、うちの近所で犬を飼ってる家の前は絶対に通らないんだけど、そういうのが純にもあるってことでしょ? それだけで行き先絞れそうだけどね」

自分ができないことが周囲にバレるのが苦手な深谷が、それでもみんなの前でゴネざるを得ないくらいに嫌だったことは何だろう。

「じゃあ架月くんは、深谷くんは校外学習のルートを通っていないと思ってるわけね?」

「そうですね。だって、そこには怖いものがあったわけだし——」

「私、逆だと思う」

「は、はい?」

「校外学習の日って、本当に深谷くんにとって嫌なことをさせられただけの日だったのかな?」

「で、でも、バスを降りるときもチケットを買うときも深谷はしんどそうにしてましたよ」

「そうだね。だから深谷くんにとって、あの日は『苦手なことを友達と一緒に乗り越えられた日』なんじゃないの?」

優花がほっそりとした人差し指を立てて、滔々《とうとう》と自説を語り始めた。

「嫌なことがあったときって、安心できる場所に行きたくならない？　校外学習の日、深谷くんはリーダーとしてちゃんとグループをまとめてくれてたんでしょ？　うちのクラスの男子たちも深谷くんがリーダーでよかったって言ってるよ。だから私、深谷くんにとって校外学習で行った場所って良い思い出がある場所なんじゃないかなぁって思う」

「でも僕、その日に深谷に酷いこと言ったんです」

「架月くんの言葉一つで学校に来られなくなるような人だったら、そもそも架月くんと友達になろうとしないよ。架月くんってぽろぽろ余計なこと言うじゃん」

「それはごめんなさい……。ってか、なんで僕と深谷が友達になろうとしたことを知ってるんですか？」

「見てたら分かるから」

さらりと言われた一言が脳を揺らす。深谷を傷つけたことを反省しないといけないはずなのに、優花からそう見られていたということの嬉しさが全ての感情を上回ってしまいそうになる。

でも。

だとしたら、尚更。

「……なんで深谷は逃げたんだろ」

優花が何か言おうとする前に、莉音が強引に割り込んできた。

「人の気持ちなんて考えても分かんないよ。架月も純にそう言ったんでしょ？」

「それは知ってるけどさ。それでも考えたいときって、どうしたらいいんだろうね」

「分かるまで考えればいいじゃん」

「……っ」

莉音に背中を押されて、足踏みをしていた心がすんなりと踵を持ち上げる。

気付けば架月は、深谷の気持ちを推し量った言葉ではなく自分の希望を口にしていた。

「校外学習で行った場所が、深谷にとって安心できる場所だと嬉しいなって僕も思います。でも、こんなの推理じゃないですよ」

「いいじゃん、別に」

優花があっさり言ってのける。

「だって今、先生たちが探してるんだよ？　ガチの捜索は大人がやってるんだから、私たちは架月くんが信じたいことを一番大事にして捜索しちゃえばいいんだよ。それが当たってたら、大親友じゃん？」

長い睫毛《まつげ》に縁取られた瞳が、悪戯《いたずら》っぽくウインクをした。たぶん彼女は今、それなりに不謹慎なことを言っている。それでもこの場には、彼女に一般常識を説くような人間はいない。優花独特の優しさを、ちゃんと優しさとして読み取れる人しかいない。

架月は覚悟を決めるように背筋を伸ばし、まっすぐに言い切った。

「深谷は初めての場所よりも、行き慣れた場所の方を好むと思います。苦手なことはあったけど、あの日だって深谷は結局我慢したんです」

「そうだねぇ、純は我慢できる人だもん」

莉音も真面目な顔で同意してくれる。

「ってことは、純はラウンドワンに行ったのかなぁ？　一度行った場所っていうことなら、ラウンドワンで決まりだもんね」

「でも莉音さん、他のコースも僕たちが持ってたしおりに載ってるから、行こうと思えば行けちゃうよ」

「じゃあ今のところ、深谷くんが行きそうなのは校外学習でうちらが行った場所のどれかって感じ？」

優花が自分のスマホを回収しながら、そんなふうにまとめた。

「それなら、校外学習のしおりを見れば運賃が書いてあるよね。私、まだ机の中にしおり入ってるからちょっと取ってくる」

「優花先輩、なんでも持ってる！　魔法少女みたーい」

莉音がキャッキャと褒めたが、変な喩《たと》え方をしたせいで優花には「何それ」と一笑に付されてしまった。

優花が教室に戻っていくのを見届けてから、莉音はほぅっと息をついて空いていた机に腰を下ろす。

「にしても純ってば、逃げる場所に面白みがないなぁ。こういうのって普通、行ったことがない場所に行くもんじゃないの？　海とか？」

「逃走ルートの『普通』がよく分かんないよ。莉音さんだったら海に行くの？」

「まっさかぁ。つまんないじゃん、海なんか見ても。二千円があってどこにでも行けるなら、莉音だったら映画を観るかなぁ。莉音の家から歩いて行ける距離に映画館があるから、お姉ちゃんとよく一緒に行ってるんだよね」

「莉音さんも行ったことある場所に行ってるじゃん」

「あ、ほんとだ。でも映画館は別じゃない？　映画は知らない世界に行けるんだよ」

おぉ、なんか名言っぽい。

というか、莉音に姉がいたことは初耳だ。

「お姉さんと映画に一緒に行くって、仲が良いんだね」

「違う違う！　莉音と一緒に行きたいわけじゃなくって、莉音と一緒に映画に行くとお得だからだよぉ。あっ、でもポップコーンとジュースも奢《おご》ってくれるんだよね。だったらお金のためじゃないのかな。本当はただ莉音と一緒に行きたいのかも。そうだといいなぁ」

「……え」

架月は息を呑む。

「莉音さん、今の――」

「あ、優花先輩！　おかえりなさぁい」

教室に戻ってきた優花は、校外学習のしおりを手にしていた。

「お待たせ。もうすぐチャイム鳴っちゃうけど、どうせ先生たち次の授業も来ないからこのままここにいようよ。利久先輩もそれでいいでしょ？」

「授業はサボっちゃダメでしょ」

利久はさらりと言い捨てて、一人でさっさと教室を出て行ってしまった。その背中を名残惜しそうに見つめながら、優花が口を尖らせる。

「あーあ、由芽ちゃん先輩の口調が移っちゃったじゃん。やめてよ、利久先輩すぐ他の人の真似っこするんだからさ」

「真似っこしちゃダメでしょ！」

「ほら、それ！」

優花にすかさず指摘されて、由芽は半泣きになって架月の腕にしがみついてきた。あまり口が達者ではない由芽に対して、優花は遠慮なく舌戦で畳みかけてくる。大人げないように見えてしまうが、彼女は彼女なりに平等に接しているだけなのだろう。というか、由芽の方が先輩なのだから大人げないのはむしろ由芽の方なのかもしれない。

「さ、サボっちゃダメ！」

「もぉー、じゃあ利久先輩と一緒に教室に戻ればいいじゃん！　いいの？　その間に、私と架月くんが仲良くなっちゃうよ？」

「うぐぅぅ……」

由芽は苦しそうな呻《うめ》き声を上げて、迷った末にぴったりと架月のそばにくっついて席に座った。悔しそうに唸る由芽とは対照的に、優花は勝ち誇るように椅子の上ですらりと足を組んでニコニコしている。

「さて、と。校外学習のルートに絞って考えるってことでいいんだよね？　今回校外学習で行ったのは水族館、ラウンドワン、科学館、歴史博物館、動物園の五つのコースだけど――」

「待ってください！」

慌てて口を挟むと、架月を囲むようにしていた女子三人が一斉にぱちくりと目を瞬かせた。てんでバラバラの三人組がぴったりと動きを揃えるのはレアだ。

三人まとめて驚かせてしまったことを申し訳なく思いながら、架月は遠慮がちに口を開く。

「あの、ごめんなさい。候補は五つじゃなくて四つです。深谷は水族館にだけは行ってないと思う」

「なんで？」

「深谷が苦手なことが分かったかも」

「へ？」

　バスから降りるときと、チケットを購入するとき。

　それら二つのことに共通しているものを見つけ出してしまった。架月がそのことを優花と莉音、そして由芽に伝えると、三人は一様に不思議そうに首を傾げた。またしてもリアクションが揃っている。もしかして実は相性が良い三人組なのかもしれない。

「純はそれの何が嫌なの？　むしろ良いことじゃん」

「別に嫌ではないけど、良いことかなぁ？　私はむしろ、深谷くんの気持ちは分からなくはないけど……ん？　でも、それだとなんで水族館だけ候補から外れるの？」

　優花が尋ねる。

「深谷くんの苦手なことって、一人で行動した場合は自由に避けられるじゃん。学校行事で行くときは必ずぶつかっちゃうけどさ」

「そうなんです。でも、深谷がそれを避けようとした場合を考えると――」

　架月は優花が持っているしおりを指さして、端的に言った。

「水族館に行くとお金が足りなくなるんです」

　きっぱりと言い切った架月に対して、言われた側の優花や莉音はいまいち理解が追いつかないような顔をしていた。

「そうなの？」

「はい。優花先輩、もう一回だけスマホ貸してください」

「いいけど、ウェブ検索以外はしないでね。他のアプリは触んないで」

釘を刺してからスマホを渡され、架月は言われたとおり余計なところは一切触らずに、先ほど利久も見ていた交通情報の検索ページを開いた。

黒板の前に立ってチョークを手に取ると、莉音が「先生だね」と笑った。

「莉音さん、僕は先生ではないよ」

「いや、知ってるけど？」

じゃあなんで先生だって言ったんだろう。

いつもなら架月も気になって「でも言ったじゃん」と追及しているところなのだが、今は緊急事態なので胸中に生まれた小さな疑問はスルーすることにした。

「まず僕たちが行ったラウンドワンコースの場合を考えます」

黒板に『ラウンドワン』と書き付けて、架月はすらすらとその下にウェブで検索した運賃を書いていった。

「学校の近くにあるバス停からラウンドワンの近くまでは、片道で百九十円です。しおりには入場料も書いていますが、入場料を払わなくてもいいゲーセンにいればそこも節約できます。ラウンドワンに行こうとするなら、百九十円だけで済みます。続いて、科学館コースです」

しおりに書いてあるルートをわざわざウェブで再検索して、架月は黒板に『科学館』と書き付ける。

「学校からバスで台原《だいのはら》駅まで行って、そこから地下鉄に乗り換えて旭ケ丘《あさひがおか》駅まで向かいます。バスの料金が片道で二百三十円、地下鉄の料金が二百十円です。あと、入場料は三百二十円です。合計で、えっと……」

黒板の隅に筆算をして、答えを出す。

「科学館に行くには七百六十円かかります。次は歴史博物館ですが、このコースは東仙台駅まで歩いて電車に乗って、国府多賀城駅まで向かいます。運賃は片道で二百円、高校生は入場料が無料なので合計二百円です。そして動物園に行くにはバスで仙台駅まで出て、そこから地下鉄に乗らなければなりません。バスの料金が三百円、地下鉄の料金が三百十円、入園料が四百八十円。合計で……」

「電卓アプリあるよ？」

「大丈夫です」

「ええー……」

退屈そうな女子二人を待たせて、架月は筆算で答えを出す。動物園に行くには片道で千九十円かかる。

「ところが水族館は、まずバスで陸前原ノ町《りくぜんはらのまち》駅まで行くのに百九十円かかります。そこから電車で水族館の最寄り駅に行くまで二百円。そして、駅から水族館までのシャトルバスに乗るのに百六十円。入場料が千七百円」

架月はまたしても時間をかけて計算し、黒板に答えを書きつけた。

その数字を見て、優花が「ん？」と首を傾げる。

「合計で、二千二百五十円？」

「そうです。水族館のコースだけ、片道の料金が二千円を超えてしまうんです。お金が足りなくなります」

「じゃあ水族館じゃない三つのコースのうちのどれかってこと？　あとは何かヒントないの？」

「……ねえ莉音さん、やっぱり僕たちで深谷の居場所を探すのは難しいよ。安楽椅子探偵じゃあるまいし――」

「やだ、諦めないで。ってか、なんちゃら探偵じゃなくて友達として探してんだけど」

思いっきり不満そうな顔をして、莉音がぶすっと上目遣いに架月を睨み上げる。

「莉音よく分かんないけど、運賃とかチケット料金とかってネットで検索すれば出てくるんでしょ？　そういうみんなが知ってることじゃなくて、もっと友達じゃないと分かんないことから考えようよ！　純が何を考えてるのかとか！」

「そ、そんなの超能力じゃん。てか、それをやるなら僕は無理。一番苦手だもん」

「そんなことない、だって架月は自分が純に嫌なことしたって自力で気付いたじゃん」

「それは――」

「なんで純が逃げたのか、その謎が架月には解けたんでしょ」

莉音はいっそ責め立てるような口調で、次々と言葉を畳みかける。

「もう、架月は一つ謎を解いちゃってるんだよ。その調子で二個目もいこう！」

「そんなぁ……」

もはや架月にとって、与えられた課題は「空を飛べ」と言われているのと同じくらいの難易度となった。

莉音の鋭い眼差しに気圧されて半泣きになっていると、手中に収まっていたスマホが激しく震動した。

「うわっ⁉」

思わず取り落としそうになった瞬間、優花が「危っぶな！」と両手を伸ばして床に落ちかけたスマホをキャッチする。

「架月くん！」

「ご、ごめんなさ――」

怒られたのかと思って慌てて謝罪をしようとしたら、言い終わるよりも先に彼女が架月の眼前にスマホ画面を突きつけてきた。

そこに表示されていた着信画面を見て、呼吸が止まりそうになる。

画面に大映しになっていたのは、深谷純の名前だった。

「深谷くんから電話だよ」


絶句してしまった架月とは対照的に、莉音が驚嘆の声を上げた。

「優花先輩、超能力者じゃん！」

「そんなことない、そんなことない。スマホに連絡あるかもしれないなっていうのは普通に考えて分かるよ」

優花は謙遜しているが、架月からしたら魔法としか思えない所業だった。

探偵よりも魔法少女よりも友達よりも、この世界では空気が読める先輩の方が強いかもしれない。ペンが剣よりも強いように、ねじれた力関係が作用している。

「はい、架月くん」

呆然としている架月に、優花が震動するスマホを手渡してきた。

「君が出ていいよ」

「いや、あの、でも優花先輩にかかってきたんだし――」

「譲ってあげる。だって架月くんが深谷くんを探そうとしたのって、見つけたときに言いたいことがあったからでしょ」

ぐいぐいとスマホを押しつけられて、架月は呆気にとられたまま彼女のスマホを受け取ってしまう。優花がサッと応答ボタンをタップすると、『もしもし、優花先輩？』と深谷の声が聞こえてきた。

たった今、先生たちに総出で探されている生徒だとは思えないほど普段通りの声音である。呆然としていた架月が言葉を紡ぐよりも先に、莉音が横から飛び込んできた。

「純！　どこにいるの！」

『は？　須田ちゃん？　何で須田ちゃんが優花先輩の電話に出てるんだよ』

「授業サボって純のこと探してんの！　架月もいるんだから」

『……架月もいるの？』

尋ねられて、息を呑む。うまく言葉が出てこない。いつもは何かするたびに、しつこすぎるくらいに謝り倒して深谷に面倒くさがられてしまうのに、今日に限ってなぜか普段は安売りしているごめんなさいの一言を出せない。

謝るのが嫌なわけではない。

なのにその一言がいつになく重くて、喉の奥に大きな塊となって支えてしまっている。

架月が言い淀んでいるうちに、深谷は次の話題に移ってしまった。

『そっか、今授業中だったんだ。しくったわ、すみません優花先輩』

「いいよぉ、先生にスマホ預けないでいるような奴だし私」

『またたぁ』

「てか私を騙して逃げたことも謝んなさいよ」

『それは本当にごめんなさい』

学校から逃げた生徒とスマホを無断所持している生徒の会話とは思えないくらい、二人は和やかにやりとりをしている。

架月が二人の会話についていけずに呆然としていると、深谷は唐突な質問を投げてきた。

『利久先輩はいないんですか？』

その場にいた一同が、そこで出るとは思わなかった名前に困惑して押し黙る。

誰かの返事を聞くよりも早く、深谷はその反応を受けて『あ、いないんだ。まあ、そりゃそうか』と一人で納得した。

『なあ架月、お前って利久先輩と仲良いじゃん。今、呼んでこれん？』

「……な、仲良いのかは知らないけど……」

優花と莉音が、同時に横から架月の肩を叩いてきた。

「呼んでくるって言うんだよ、架月くん！」

「そんなこと言ったら利久先輩が可哀想でしょ、架月！」

「……う……」

架月がしょんぼりと肩を落としていると、電話越しに深谷が小さく笑う声が聞こえた。

——ああ、いつもの深谷だ。

ホッとすると同時に、じゃあどうして逃げたんだよという疑問が湧いてしまう。いつも通りの深谷にしか思えないのに、それでも彼は学校に来なかったのだ。

架月たちがいる教室から逃げ出してまで、彼がやりたかったことは何なんだ。

『架月、お願い』

「……分かった、呼んでくる」

「またかけ直すねー、深谷くん！　ちゃんと電話取るんだよ」

『はいはい』

優花が抜かりなく念を押して、いったん通話を切る。

彼女が軽やかに肩をすくめると、ポニーテールの先端がふわふわと踊るように揺れた。

「あーあ、やっちゃった。無理やり居場所を聞き出せばよかったかな」

それは架月も思っていた。

思っていたけれど、いつも通りにしか聞こえない彼の声に流されてしまっただけで。

「大丈夫かなぁ。架月くんにオッケーって言わせたのは私だけど、利久先輩が授業をサボってるのって見たことないよ。あの人、絶対に学校のルール破らないもん。仲が良いとか悪いとか関係なく、誰が言っても同じだと思うけど」

「言ってあげる」

「由芽ちゃん先輩が言ったって無駄だもん」

「無駄ちがうでしょ！」

やっと口を挟むことができた由芽が、地団駄を踏んで怒ってしまった。

しかし、優花が口にしたのと同じような理由で途方に暮れていた架月にとっては、由芽の提案は素直に頼もしい。

「ありがとうございます、由芽先輩。そう言ってくれて嬉しいですが、僕が指名されたので」

「じゃあ一緒してあげる」

「へ？」

ぎゅうっと腕を引っ張られて、どうやら一緒に利久を呼んでくれるつもりらしいと気が付く。優花は「やめた方がいいって」と納得いかない顔をしているが、架月にとって由芽には助けてもらった思い出の方が多い。

「……じゃあ、一緒に」

架月が頷くと、由芽はパァッと晴れやかな笑顔になった。


二人で教師がいないか警戒しながら三年生の教室まで行き、入り口の扉を薄く開けて中を覗く。二時間目と同様に自習中になっていて、一年生の教室よりも自由で賑やかな空気感だった。どうやって利久先輩を呼ぼうか。

窓際で小説を書いている利久の姿を見つけて、架月が途方に暮れていたときだった。

「利久、おいで！」

「うわっ」

由芽が教室の扉をいきなり全開にしたので、扉によりかかっていた架月はそのまま廊下に転がってしまった。

尻餅をついた架月のことは意に介さず、由芽はズカズカと教室に乗り込んで利久の眼前まで躍り出る。乗り込むも何も元々彼女の教室なのだが、クラスメイトたちの視線が一斉に刺さる。

クラスメイトの一人が「何やってんだよ、由芽」と言い捨てて、それから架月の方に訝《いぶか》しげな眼差しをよこした。

「お前さっきも来てたじゃん。授業中に何やってんの」

「え、えっと――」

「架月を怒っちゃダメ！」

由芽が自分よりも大柄なクラスメイトの正論をぴしゃりと封じる。

「電話なの！　おいで、利久！」

「電話って何だよ。てか、由芽も授業サボるなよ。先生そのうち巡回に来るぞ」

「ねえ、利久ってば！」

クラスメイトの真っ当な注意は全てスルーして、由芽はひたすら自分の世界で小説を書いている利久にのみ訴えかける。

利久は自分が呼ばれているのが聞こえないみたいにペンを動かしていた。架月ももつれる足を必死で動かして教室の中に転がり込み、由芽の隣に並んで利久へと声を掛ける。

「利久先輩、僕たちと一緒に来てください」

「授業はサボっちゃダメでしょ」

あ、由芽先輩のさっきの言葉だ。

「真似っこしないの！　ダメ！」

由芽が鋭く叱りつけると、利久はペンをぽろりと手から零して「んー……」と不満そうな声を漏らす。由芽に叱られていることが嫌というよりは、自分の作業を妨害されたことに苛ついている様子で、申し訳なさが募る。ちゃんと授業を受けている人に教室を抜け出せと言っているのだから、悪いのは完全に架月たちの方だ。

でも、深谷と約束したのだ。なぜか深谷は利久のことを求めている。

祈るように両手を合わせて、架月は真面目な先輩に頼み込む。

「お願いします、利久先輩。深谷が大変なんです、緊急事態なんです」

「おはしも？」

「へ？」

「おはしも？」

言い直して聞かれたものの、彼の言葉の意味がピンとこない。どうやら架月の言葉のうちどれかが利久の脳内にある膨大なライブラリーと接続されて、謎のキーワードを放ったらしい。

架月がぽかんと黙り込んでいると、業を煮やしたように――あるいは記憶のスイッチが入ったように――利久が流暢に語り出した。

「訓練では大事なことが四つありますね。四つの大事なお約束、分かる人はいるかなー、分かる人は手を上げて発表しましょう」

「えっと……あっ、避難訓練ですか？」

手を上げろと言われたので、架月は律儀に挙手をして答えた。

「押さない、走らない、喋らない、戻らないです」

「はい」

「…………」

「…………」

「…………はい？」

ぴたりと会話はそこで終了してしまった。

――何だったんだ、今の。

「ねえ、利久。行こうよ」

再び由芽が呼びかけると、今度は利久はすんなりと椅子を立った。

架月も由芽も、そしてその場にいたクラスメイトたちも、利久が由芽の言葉に従ったのを見て目を丸くする。

利久の気が変わらないうちに「こっちです！」と廊下に誘導する。利久はわずかに足取りが重いものの、ちゃんと架月の背中を追いかけて歩いてくれた。

——もしかして、避難訓練だったら授業中に廊下に出てもいいから？

架月が必死の形相で「緊急事態なんです」と訴えたのを聞いて、一緒に行ってやってもいいかなと思ってくれたのだろうか。でも授業をサボることはルール違反だから、これは避難訓練のようなルール違反にはならない例外でしょう？と確かめる意味で「おはしも？」と架月に聞いたとか……？

——いや、待て待て。

自分は超能力者じゃないのだということを忘れずにいなければ。「おはしも？」は利久のいつもの脈絡がない独り言だったのかもしれないし、ガミガミ言ってくる由芽がうるさいから渋々従っただけかもしれない。

廊下に出て、架月は少しだけ不機嫌そうな利久に小声で囁いた。

「ありがとうございます、利久先輩」

「ありがとうございます」

利久が鸚鵡《おうむ》返しで繰り返す。自分の小さすぎるくらいの声がちゃんと届いていたことにホッとして、架月は足早に廊下を進んだ。

利久と一緒に再び空き教室に戻ると、優花の大きな瞳が零れそうなくらいに見開かれた。

「うっそ、絶対来ないと思った」

「私が呼んだの」

先ほど優花に不機嫌にさせられたことを思い出したのか、由芽が得意気に口を挟んでくる。優花は華やかな笑顔で、そんな由芽に向かってピースサインを向けた。

「由芽ちゃん先輩、ナイス！」

「……えへへぇ」

あっさりと機嫌を直した由芽である。

そんな由芽の横にいた利久が、優花の姿を見ていつもの質問を投げてきた。

「ファミレスの名前は何？」

「サイゼリヤと、ガストと、ココスと、デニーズと……あとごめんなさい、忘れた！」

「静岡県にあるのは？」

「さわやかでーす。ふふ、来てくれて嬉しいからいっぱい答えちゃいますよー」

優花は嬉しそうに肩を揺らして笑うが、利久はそれ以上の質問はせず架月に向かって再び「おはしも？」と問いかける。

今度の「おはしも？」の意味は少しだけ分かった。

さっきの緊急事態とは何だ、ということだろう。

「優花先輩、深谷にもう一回電話してみてください」

「もっちろん」

優花がスマホを操作し始めると、心配そうな顔をしていた莉音がぴたりと架月に身を寄せてきた。

「ねえ架月、純、ちゃんと戻ってくるかな」

「それは僕じゃなくて深谷に聞かないと分からないでしょ」

「そういうことが聞きたいんじゃないぃぃ……」

「ど、どういうこと?」

「なぁんか架月って、純が戻ってきたとしてもまた怒らせちゃいそうだね」

深々と溜息をつかれて、心臓が冷える。明らかにやりそうだと思ったからだ。

架月だって本当は傷つけてしまってから謝るばかりではなく、何のトラブルも起こさずにずっと仲良くしている関係になりたい。

なりたいけれど、それを目標にするとゴールが途方もなく遠くて目眩がしてしまう。

「かけるよ」

優花はそう前置きしてから、深谷に電話をかけた。


通話はすぐに繋がった。

『もしもし、誰だろ。今度こそ優花先輩?』

「そうだけど、私以外にもみんないるよ。利久先輩もいる。利久先輩、なんか喋って?」

「喋って」

ものすごく利久らしい返事に、深谷がホッとしたような息を吐いた音が聞こえた。

『架月が呼んでくれたんだ、ありがとう』

「あ、えぇと――」

ごめんを言う前に、相手からありがとうと言われてしまった。

困惑して言葉を失っていると、深谷の声音がワントーン上がった。架月が落ち込むのに反比例するように、深谷はどんどん楽しそうになっていく。

『優花先輩、ビデオ通話に切り替えてもらってもいいですか？　利久先輩に見せたいものがあるんです』

「いいけど……深谷くん、今どこにいるの？」

深谷は答えない。優花は「秘密なのー？」と不満そうに唇を尖らせながらも、言われたとおりに画面をビデオ通話に切り替えた。

「優花先輩、莉音たちにも見せてっ」

莉音が身を乗り出すので、優花が全員に画面が見えるようにスマホを机に置いてくれる。

利久以外のみんなで前のめりになってスマホを覗き込んでいると、深谷の方も画面を切り替えたらしくパッと背景の色が変わった。

「あっ」

揃って声を上げたのは、優花と莉音だった。

画面に映っていたのは、青白く浮かび上がる大水槽だったのである。

その光景に、由芽が瞳をキラキラと輝かせる。

「きれい……っ」

広々とした空間の壁一面が、天井まで届くほどの大水槽になっている。水槽の中にゆらめく巨大な天の川は、よく見ると銀色に輝くイワシの大群だった。

そんな群れの周りを、エイやイシダイといった魚たちが優雅に回遊している。画面いっぱいにそんな景色が映っているものだから、まるで自分が海の中に沈んでいるような錯覚すらした。

『見えてる？』

得意げな深谷の声が聞こえた瞬間、架月は膝から崩れ落ちそうになった。

――深谷は水族館の中にいる。

そのことに気が付いた瞬間、彼が学校を無断欠席してまでやらなければいけなかったことが分かってしまった。

深谷は逃げたわけではない。

彼は逃げたくなるものと向き合うために、一人で水族館に向かったのだ。

『校外学習の日、利久先輩だけイワシのパフォーマンス観られなかったんですよね？　せっかく行ったのに残念じゃないですか。だからリベンジしましょう、俺ちゃんと二階の席にいますよ今』

深谷の声と重なるように、館内放送が聞こえ始める。

『――これより大水槽〝いのちきらめくうみ　Ｓｕｐｐｏｒｔｅｄ ｂｙ 東北電力グループ〟にて、二万五千尾ものイワシが繰り広げるパフォーマンス「スパークリング・オブ・ライフ」が始まります』

教室に来てからずっと興味なさそうに斜め上を向いていた利久が、その音声を耳にしてようやく振り返った。莉音が「利久先輩のために純が観せてくれるんだって！」と利久に無理やりスマホを持たせると、それと同時に画面から壮大な音楽が流れてきた。

『はるか昔からたくさんの生き物たちが集まる三陸の海は、この地に生きる人々にとってかけがえのない宝であり誇りでもある豊かな海です』

イワシの大群が、音楽とナレーションに合わせて優雅に揺れる。

目映《まばゆ》い光によって照らされた水槽の中で、たくさんの魚が星のように幻想的に煌めく。

利久はその画面を食い入るように見つめていた。

やがて彼の唇が、ゆっくりと開かれる。

「深谷」

その場にいた誰もが、その呼びかけに驚いた。

利久が誰かの名前を呼ぶことは珍しい。その人に合わせてお決まりの質問をしたり、書いてある文字を読み上げるような調子で人物名を口にしたりすることはあるけれど、明確にそこにいる人物に呼びかける様子はほとんど見たことがない。

電話の向こう側にいる深谷も驚いたようで、画面の動きがぴたりと止まる。

利久は大水槽ではなく、スマホで水槽を映している深谷に対して淡々と言った。

「学校はサボっちゃダメ」

『……っ』

画面越しにも、深谷が息を呑んだ音がはっきりと聞こえた。

『……はい』

喉の奥から引き絞られたような空気の音が漏れたと思ったら、すぐにそれは声を殺しきれずに溢れた嗚咽《おえつ》へと変わる。

「利久先輩、泣かせないで」

莉音が目を吊り上げるのを、架月は慌てて制する。

そうじゃない。利久が泣かせたわけではない。

その一言はむしろ――

「……ねえ、深谷」

また余計なことを言ってしまったらどうしよう。

そんなことを頭の片隅で考えながら、それでも架月は電話の向こうにいる彼へと身を乗り出してしまう。先週、どうして特別支援学校にいるのかと聞いてしまったけれど、それを尋ねるならば同時に彼に言ってやるべき言葉があった。

『変わることを恐れず、環境に合わせて変化し、未来へ向かって力強く命を繋いでいきます』

まだ遅くないはず。

そんな願いを込めながら、架月は言葉を紡ぐ。

「この学校は深谷がいてもいい場所だよ」

『知ってる』

嗚咽を堪えるような細い声で、深谷は答える。

『俺はここまで二千円で来られるから』

架月は自分の推測した深谷の「嫌なこと」が当たっていたことを知り、脱力して近くにあった椅子に座り込んでしまった。

「……そのおかげで、利久先輩にイワシショーを見せられたんだから別にいいじゃん」

黒板に書き付けた運賃やチケット料金と、優花が持ってきてくれたしおりに書かれている旅費は異なっている。

校外学習のしおりに記載されている料金は、障害者手帳を使った割引が適用された料金なのだ。手帳を見せれば市営バスの乗車賃は半額になり、施設に入場するチケット代は一般の料金よりも安くなる。手帳を使って水族館に行く場合、電車の駅まで向かうバスの料金が百九十円から百円になり、水族館へ直通しているシャトルバスの料金も百六十円から八十円になる。

水族館の公式サイトの料金表を見ると、一般料金とは別に障害者手帳を使った割引料金についての情報が記載してある。一般の入場料から五割引きと書いてあるので、千七百円の料金も八百五十円になる。

公式サイトで「一般」といわれている人たちが水族館に行くには二千二百五十円かかるが、深谷は千二百三十円——二千円以内で水族館に行くことができるのだ。

「深谷はすごいね。僕は時間を守ることが苦手で、頑張ってるけど失敗しちゃうことの方が多いのに、深谷は一回で苦手なことを克服できちゃうんだ」

『してない、まだ嫌だ』

バスを降りるタイミングと、チケットを購入するタイミング。

それらはいずれも、深谷が知らない人に手帳を見せなければいけないタイミングだった。自分のことを何も知らない人たちに、自身が障害者であることを明かさなければいけない瞬間だ。

深谷の苦手なことは、それだ。

この学校にいるうちはみんなに信頼されている優等生でいられる彼が、社会に出た瞬間に配慮すべき障害者として見られることの苦悩は計り知れない。そこは絶対に分からない。だって架月は深谷ではないから、深谷の気持ちなんて完全には理解できない。

それでも深谷がそれを嫌がっているのだと気が付いた瞬間、架月も胸のあたりに重石を載せられたように苦しくなった。

——きっと自分たちは、似たような気持ちを抱えている。

——そのくらい近い距離で生きている。

全てを理解できなくても、手を伸ばしたときに触れあえるくらい近い場所にいられればいいんじゃないだろうか。

この学校こそが、架月たちにとっての近い場所だ。完全に一致はしないけれど、同じような気持ちを抱えた自分たちが肩を寄せ合っている。社会に出れば集団の中に一人いるかいないかという少数派の自分たちが、ここにいるときは特別な存在にはならない。

深谷はきっと、その場所を受け入れるために水族館に行ったのだ。

自分が社会の中で特別な配慮をされる人間であることを知るために、特別支援学校の生徒であることを確かめるために、たった二千円だけを握りしめてバスに乗った。

「ねぇ純、イワシショー見せてくれてありがと」

莉音が不意にそんなことを言ってきた。

「でも、もう戻ってきていいよ。あとは今度みんなで行ったときにゆっくり見ればいいじゃん。もうすぐ夏休みなんだし、莉音たち高校生なんだしさ。みんなでお出かけしようよ」

高校生なんだし、という当たり前の一言が胸の深いところに沁みた。

そうだ、高校生だ。

自分たちは特別支援学校に通う普通の高校生なんだ。

『……無理だよぉ……』

「なんで？　帰りのお金無くなっちゃったの？　アイス食べた？」

『じゃなくって……今学校に戻ったら先生に遅刻したこと怒られる』

——あれ、なんか今、ちょっともやっとしたな？

唐突に湧いてきた自分の感情の理由を探ると、答えはわりとすぐに見つかった。

そうだ。自分は以前これと同じようなことを深谷に訴えて、ばっちり言い返されたんだった。

「今すぐ動けば、遅刻の中でも一番マシな遅刻になるんだよ?」

『わけ分かんない』

「深谷がそう言ったんだよ!」

莉音がパチパチと目を瞬かせて、「架月の方が強いの、珍しい……」と呟く。

そのとき、利久がスマホを持ったまま高く跳び上がった。

突然のジャンプに驚いて一同で画面を覗き込むと、大水槽の景色が一変していた。大水槽の底から真珠のような大粒の泡が吹き出し、水槽全体を包んでいる。まるで満天の星だ。

音楽が一気に盛り上がる。スマホを持ったまま跳ねる利久にもどかしくなったのか、由芽がぎゅっと利久の腕を摑んで「ジャンプしちゃだめ! 見れない!」と怒っている。

「利久先輩はなんで跳ねてるんですか?」

「楽しいからだよ」

優花がにこやかに答えた。

大水槽の泡が霧散し、音楽がフェードアウトする。パフォーマンスの終了を告げるアナウンスに混じって、深谷の小さな溜息が聞こえた。

「終わっちゃった」

「また行こうよっ」

莉音が笑顔で言った。

「もうすぐ夏休みだよ、みんなで遊びに行けばいいじゃん。バスに乗って、水族館に行って、ラウンドワンにも行って、あと映画館にも行きたいな」

映画料金も手帳を見せると本人と同伴者に割引が利く。だから莉音は、お姉さんが自分と一緒に行く理由を「莉音と一緒に映画に行くとお得だから」と思っていたのだ。

「夏休みにやりたいこといっぱい出来たね、楽しみっ」

莉音の嬉しそうな声は、どうやらスマホの向こう側にも聞こえていたらしい。

そうだね、という消え入りそうな一言がこちらに届いたかと思ったら、画面が大きく揺れて水族館の床を映した。

『帰る。やることなくなっちゃったし』

指先に力がこもる。

学校に戻ることを「帰る」と言ってくれたことが、もうどうしようもなく嬉しかった。

待ってると言い返したら、深谷は小さな笑い声を残して通話を切った。

エピローグ

「莉音さん、そこ曲がってるよ」

「ええー、曲がってないよ。ちゃんと高さ見てやってるもん」

「高さじゃなくって、横幅が少し広くなってる気がする」

「めんどくさぁ！　じゃあ架月がやればいいじゃん、莉音より背高いのにプリント持ち係やってんのおかしくない⁉」

廊下で言い合っていたら、教室の前方の扉が大きく開いて「何やってんの」と深谷が顔を出す。

「なんでもない、架月が仕事替わってくれるならいいの」

「莉音さんが自分が貼りたいって言ったんだよ」

「ごちゃごちゃ言わない！」

「はぁい」

深谷は苦笑いして、何事かと自分の背後から顔を出してきたクラスメイトたちに「いつものだってさ」と言って彼らと教室に戻って行った。いつものって何？と戸惑っているうちに、莉音は架月の手からプリントの束を取り上げてしまった。

「急いで、架月。早く終わらせないと」

「終わるでしょ、この量は」

「そうじゃなくて、早く終わらせたら他のところも手伝えるでしょー？」

「なるほど……？」

ほら！と背中を押されて、架月は「はい」と先生に従うような素直さで廊下に並んだパネルに近づいていった。

深谷が開けたままにした教室の扉から、ぴかぴかに磨かれた黒板が見える。今日の日付と日直の名前の下に、『夏休みまであと二日！』という落書きが書かれている。一週間前にクラスメイトが書いて以来、ずっと残り日数の部分だけを日直の生徒が書き換えている。

明日の終業式に向けて、架月たちは午後から校内整備をしていた。

明星高等支援学校では終業式の日に授業参観がある。一時間目から三時間目まで授業参観があり、四時間目に生徒が終業式をしている間に保護者は二学期の現場実習に向けての説明会に参加することになっている。

教室の前の廊下には、昨日のうちに清掃班が倉庫から運んだパネルが並んでいる。先日の校内学習のまとめ新聞だとか、それぞれの学年の学習プリントだとかが掲示されている。

一年生が掲示するのは、五月の下旬に行った校内実習の振り返り作文だった。明星高等支援学校では、一年生は二学期から現場実習という学習を始める。現場実習では三年後の就職を見据えて、様々な業種の企業に行って一週間から二週間ほどの実習を行う。ただの体験学習ではなく、評価が良ければ次回の現場実習でも呼んでもらえたり、そのまま「将来はうちに就職してもいい」と内定のようなものをもらったりすることもできる大事な実習だ。

そんな現場実習の事前学習として行うのが校内実習である。

校内実習の期間、架月たちは普段の作業学習の班を飛び越えて様々な作業を行った。清掃班が普段やっているビルクリーニングの方法を学んだり、箱折りや名刺作りをしたり、雑巾縫いや革細工の小物作成なども行った。

様々な作業への取り組み方を先生たちが見て、二学期の実習先を決めてくれるらしい。

「終わったぁ！　ねぇねぇ、先輩たちのお手伝いに行こ」

莉音が笑顔で架月の腕を引く。どうやら大好きな先輩たちの教室に行くことがお目当てだったらしい。
二、三年生たちの教室に行くと、ちょうど先輩たちも廊下の掲示や教室の清掃を行っていた。優花がちょうど三年生の先輩たちと掲示板の前にいて、すかさず莉音は架月の腕をがっしりと掴んだまま「優花せんぱーい」と寄っていく。
優花たちは、ずらりと企業名の一覧が書かれた大きな紙を貼ろうとしていた。

「あっ、ちょうどいいところに。架月くん、上のとこ押さえてて」

「え？　あ、はい」

言われるがままに指示された箇所を押さえる。莉音が「これ何ですか？」と質問すると、養生《ようじょう》テープをちぎっていた三年生の先輩が「今年の実習先だよ」と言ってきた。

「三年生と二年生がこういうところに実習に行きますよってやつ。まだ決まってない人もいるけどね」

「優花先輩はどこ行くんですか？」

「ここ」

優花があっさりと指差したのは、『スターバックス　コーヒー　ジャパン』というあまりにも見慣れた名前の企業だった。

「優花先輩スタバ行くの⁉」

「うちの近くにお店があるから、たまたまね」

優花がしれっと言うと、周りにいた何人かの先輩たちが「いやいや」「たまたまは行けないから」と首を横に振った。

そんな先輩たちの反応をスルーして、優花は莉音に笑いかける。

「莉音ちゃんはどんなところに実習行きたいの？」

「莉音もカフェがいいなぁ、接客班だし。架月は実習先どういうところがいい？」

「まだ分かんない」

ろくに考えずに答えたら、莉音が呆れた調子で「分かんないんじゃなくて考えてないだけでしょ」と図星をついてきた。いつもの癖で反射的に謝ろうとしたら、すかさず方々から先輩たちの手が伸びてきて「架月くんはいいんだよ～」「一年生だもんねぇ」と背中やら腕やらをぽんぽんされる。なにこれ。

助けを求めるつもりで莉音の方を見やると、膨れっ面の莉音にジトッと睨まれてしまった。どうやら助けてはもらえないらしい。諦めて莉音から目を逸らしたら、企業名一覧の中にふと変わった名前があることに気がつく。

「これ、学校の名前ですか？」

「あぁそれね、由芽ちゃんの進路先だよ。学校だから現場実習じゃなくて、夏休みにオープンキャンパスに行くってことになるみたいだけど」

三年生の先輩がさらりと言った。

「由芽ちゃん、うちを卒業したら青森の短大に行くんだってよ」

「……へ⁉」

架月の声が、にぎやかな廊下に一際大きく響いた。

＊＊＊

「えっ、一年生の実習先決まったんですか？　見たいです！」

一学期最後の部活を終えて職員室に戻った小寺が、きらきらと目を輝かせながら一年生の教員陣のもとにやってきた。

小寺は校内実習で革細工の作業を担当していた。木瀬が実習一覧の名簿を差し出しながら尋ねる。

「誰が気になりますか？　やっぱり総合文化部のメンツ？」

「総合文化部とか関係なく、個人的には架月くんどうなるんだろうって気になってたんですよね。私は部活ぐらいしか関わらないから分からなかったけど、あの子って本当に数値化されてないこと分からないいんですね」

革細工の作業で、架月は磨き上げの工程を担当していた。革の表面を磨いて綺麗になったら完成品として納品という役割だったのだが、架月は綺麗になったかどうかが分からず一個の製品を小寺に止められるまで三十分以上も磨き続けていたのである。

「そうそう、清掃班でも同じなんだよなぁ。綺麗になったら終わりってのがピンときてないみたいで、気を抜くとずっと同じところ磨いてる。まぁ、うちには感覚派の由芽がいるから、今のところは由芽が『終わり！』って合図出してくれて終わってるんだけど」

「それなのに、実習先は清掃なんですか？」

名簿の中で、架月にあてがわれている実習先は老人ホームの清掃だった。

「これ、私が推したのよ」

給湯室からマグカップを片手に戻ってきた結城が、ちょっと得意そうに言った。

「ここ、うちの優花が一年生のときに行った実習先なんだけど、絶対に架月くんに合うと思って」

「何でですか？」

「えー分からないの？　架月くん、絶対におばあさま受けがいいじゃない！」

予想外の返事に、小寺が派手に咳き込む。

結城は続けた。

「マイペースだから作業はのんびりだし、お掃除の手際も悪いかもしれないけど、素直だしいつもニコニコしてるし人懐っこいから絶対におばあさまたちに可愛がられる。うちの上級生のお姉様たちが虜《とりこ》になってるぐらいだもの、あの謎の愛嬌は使わないと損よ」

「あと架月って、意外とメンタル強いんですよね」

佐伯が口を挟んだ。

その意見には、その場にいた全員が首を縦に振って同意した。しょっちゅう半泣きになっているイメージがあった架月だが、校内実習では意外なほどの安定感を見せてくれた。

それが顕著《けんちょ》に出たのは、箱折りの作業だった。一年生の作成した箱のチェック係はオフィスアシスタント班の先輩たちが行ってくれたのだが、リーダーである利久にもチェック係を任せた結果、ほんの一ミリでも折れ線からずれていると「やり直してください」と突っぱねるという鬼教官が誕生してしまったのである。

何度作り直しても「やり直してください」とNGを出されて、一年生たちは次々と心を折られていった。特に失敗を指摘されることに弱い深谷などは、トイレに行くふりをして廊下でぽろぽろ泣いたりしていたのだが、架月は何度NGを出されても涼しい顔でやり直しをしていた。急ぐとか焦るということをしないせいか、いくらやり直しを命じられても淡々と指示に従うことができていた。

「だから、手際が悪いとか仕事が遅いとかいう理由で厳しく指導されても案外けろっとしてるような気もするんだよな。本人も清掃班として頑張ってるし、清掃の仕事をやらせてやってもいいかなと思って」

なるほどと言いつつ名簿を眺めていた小寺は、ある生徒の実習先を見てあれっと首を傾げる。

「莉音ちゃん、接客じゃないんですね」

「接客はちょっと厳しいなぁ、あの子まだ敬語使えないんだもん」

結城が苦笑した。

「A型事業所なら気長に見てくれるかもしれないけど、莉音ちゃんって自分よりも出来ない人に対して結構ガツガツ言っちゃうからね。それよりは一般企業に行って自分よりも仕事ができる人たちに囲まれて、あわよくば優花みたいな憧れの人を見つけて懐いた方が伸びるかな。彼女って色々なことがそつなくこなせるもの。校内実習でも、どの作業を任せても人並み以上にはやってたし」

校内実習で、莉音は初めて行う作業でも一度説明されただけでほとんど完璧にこなすことができていた。授業ではなくこれは実習、勉強ではなくこれは仕事、というスイッチもしっかり入っていて、校内実習の時点で緊張感も責任感も持てており、そのせいで架月のようにマイペースにしている生徒を見てイライラしていたぐらいだから、確かに彼女は厳しい環境に置いた方が高い目標に向かって努力することができるだろう。

「莉音ちゃんが行く会社って、何するところなんですか？」

小寺の質問に答えたのは佐伯だった。

「工場のピッキング作業。車の部品を作ってる工場で、前年度までは男子生徒しか行かせてなかったんだけど、莉音はそこら辺の男子よりもよっぽど胆力があるから問題ないだろうということで」

「上司にタメ口使って注意されるぐらいがちょうどいいかもなぁ、莉音は」

木瀬がニヤニヤと笑う。

そんな木瀬に名簿を返しながら、小寺は最後に尋ねた。

「大体の実習先には見覚えがあるんですけど……深谷くんが行くことになってる企業って、今までうちで実習に行ったことありましたっけ？　初めて見る気がするんですけど」

「ああ、ここね」

答えたのは佐伯だった。

「ここ、今年から障害者雇用枠での採用をしようってことになったらしくて、今年の春に企業の方から実習させてもらえませんかってうちの進路部に連絡があったんだよ」

「え、すごい。そういうことってあるんですね」

「進路指導主事の菅井《すがい》先生が色々と話を聞いてたら、電話してきた採用担当の人に『そちらの学校の生徒さん、どのぐらい話せるんですか？』って質問されたとか」

「うわっ、すご！」

小寺が放った「すご！」は、さっきの「すごい」と違って呆れた声音を纏《まと》っていた。

「ちょっと、そんな何も分かってない企業に一年生のエースを行かせていいんですか？」

「深谷は断然、『話せる子』ですからねー」

木瀬が悪戯《いたずら》っぽく茶化した。

言わずもがな深谷の長所は対人スキルと周囲の状況によく気が付くところだ。校内実習でもそれは存分に発揮されていて、深谷がいるグループは基本的にずっと「空気がいい」のである。

作業中は自分だけではなくグループ全体の作業進捗《しんちょく》を気にして、遅れている生徒に自然と手を貸しに行く。休憩時間もみんなの輪の中心にいて楽しく場を盛り上げて、担当の教員への挨拶やお礼の言葉も忘れない。担当を明確に割り振られていない準備や片付け、備品の補充も積極的に行う。利久にダメ出しをされまくってメンタルが折れるというアクシデントもあったものの、そのときだって弱みを見せたのは教員にのみでクラスメイトたちに八つ当たりすることは絶対にしなかった。

そして木瀬たち一年生の担当教員は、深谷がある強みを持っていることに校内実習で初めて気がついたのである。

「深谷って今まで褒められた経験がないから、大人にちょっと褒められただけでものすごくテンション上がるんですよね」

校内実習では、小寺のように普段は一年生の授業に関わらない先生たちも指導に当たっていた。初めて教えてもらう先生に褒めてもらうたびに、深谷は分かりやすく喜んでいた。

褒められたら喜ぶ。

当然のことのようにも思えるが、たとえば架月は褒められても自分が納得しないと訝《いぶか》しげな顔をする。莉音も褒められて無条件に喜ぶわけではなく、出来て当たり前のことを褒められたときはむしろ不満そうにしていることもある。大人から褒められることに慣れきっている優花なんかは、褒められたとしても特に嬉しそうにはせず「はいはい」と小生意気に受け流すことも多い。

そんな生徒たちと比べると、深谷はコツさえ摑んでしまえばすごく持ち上げやすいのだ。

「『どのぐらい話せるんですか？』って質問してくるような身構え方をしている企業だったら、深谷ぐらい年相応に礼儀正しくて何でも出来る生徒が来たら事前のイメージとのギャップでたくさん褒めてもらえると思いますよ。あとこの企業、向こうから実習を打診してきただけあって、かなり手厚く受け入れようとしてくれてるっぽいですし」

「なんか、みんな試練の多い実習になりそうですね」

「実習は総じて試練ですよ」

「そりゃそうっか」

机の上に置かれた名簿を見下ろしながら、小寺は苦笑した。

「高校に入学したと思ったら、もう社会に出るんだもんね。そりゃ試練だ」

完全下校を告げるチャイムの音が鳴り響く。校庭の方から聞こえていた生徒たちの賑やかな声と足音が小さくなっていき、やがて喧騒は校門の外へと溶けていく。

窓の外には、夏休みを迎えるにふさわしい晴天が広がっていた。

あとがき

はじめまして、雨井湖音と申します。このたび「東京創元社×カクヨム　学園ミステリ大賞」というとても胸躍るコンテストにて大賞に選出していただいたこと、本当に嬉しく思います。選考に関わってくださった全ての方に、この場をお借りして感謝を申し上げます。また、受賞後も丁寧にご指導くださった担当編集の方には頭が上がりません。本当にありがとうございました。

　私は日頃から特別支援学校に関わる仕事をさせていただいているのですが、そこで繰り広げられる青春の活気や楽しさを、今回の物語に少しでも反映できればと思いながら執筆しておりました。読者の皆さまに彼らの魅力を伝えることができたなら、これ以上の喜びはありません。まだまだ勉強不足の身ではありますが、今後も精進を重ね、より良い作品をお届けできるように努めてまいります。

　また、特別支援学校といっても様々な学び舎《や》があり、拙作の舞台として設定した明星高等支援学校はその中のほんの一例に過ぎないということを述べておきたいと思います。明星高等支援学校は、作中にもあるように軽度知的障害を持つ生徒が選考試験を経て入学し、就労と自立を目指して学ぶ三年制の私立校です。この形態は、世の中にたくさんある特別支援学校と比べるとかなり珍しいものだと思います。明星高等支援学校は世の中の特別支援学校を代表する形態の学校というわけではなく、あくまでも拙作でたまたま舞台になっただけの一学校としてご理解いただけると幸いです。さらに、作中で架月たちが受けた入試や中学校からの申し送りなどは完全なフィクションとなっております。特に、中学時代の架月たちの様子が書かれた引き継ぎ資料などは、演出を優先してやや現実離れしたものとなっております。実際の入学試験において、拙作で描写されているような申し送りや、それに基づく選考をすることはございませんので、ご了承いただけると幸いです。

最後になりましたが、拙作をお読みいただいた皆さま、受賞後から暖かく見守ってくださった皆さまに心よりお礼を申し上げます。高校生になった架月が新しい環境でたくさんのことに挑戦していくように、私も新人作家の端くれとして様々なことに挑戦して成長していきたいと思っています。これからも皆さまに物語をお届けできるよう努力していきますので、見守っていただければ幸いです。

二〇二四年九月

雨井湖音

本書は、二〇二三年にカクヨムで実施された「東京創元社×カクヨム　学園ミステリ大賞」で「大賞」を受賞した『僕たちの青春はちょっとだけ特別』を加筆修正したものです。

僕《ぼく》たちの青春《せいしゅん》はちょっとだけ特別《とくべつ》

2024年12月13日　初版
2025年 2 月21日　再版

著者
雨《あま》井《い》湖《こ》音《おと》

写真
mew

装幀
岡本歌織（next door design）

発行者
渋谷健太郎

発行所
株式会社東京創元社
〒162-0814　東京都新宿区新小川町1-5
03-3268-8231（代）
https://www.tsogen.co.jp

印刷
萩原印刷

製本
加藤製本

　ISBN978-4-488-02918-0　C0093